ゆめ☆かわ ここあのコスメボックス

ヒミツの恋とナイショのモデル

伊集院くれあ／著
池田春香／イラスト

★小学館ジュニア文庫★

ちぇるしー
コスメボックスから現《あらわ》れた
原宿系妖精《はらじゅくけいようせい》。
女《おんな》の子《こ》をかわいく
するのが大好《だいす》き。
CHELSEA
白《しら》鳥《とり》ここあ
中学一年生《ちゅうがくいちねんせい》。
恋愛映画《れんあいえいが》が大好《だいす》きだけど、
まだ恋《こい》なんて…と奥手《おくて》な少女《しょうじょ》。
COCOA SHIRATORI
CHOCOLAT
ショコラ
ちぇるしーによって変身《へんしん》したここあ。
登生《とうい》に誘《さそ》われモデルをやることに。
Cocoa's cosmetics box

ゆめ★かわ
ここあのコスメボックス
ここコス
キャラクター紹介《しょうかい》
TOI ODA
織《お》田《だ》登《とう》生《い》
ティーンに人気《にんき》のブランド『Ripple《リップル》』の専属《せんぞく》モデル。俳優《はいゆう》としても活躍中《かつやくちゅう》。
AREN SENDO
千《せん》堂《どう》亜《あ》蓮《れん》
読者《どくしゃ》モデル。撮影《さつえい》でショコラとコンビを組《く》むことになる。
MION
美《み》音《おん》
『Ripple《リップル》』の専属《せんぞく》モデル。ショコラにライバル心《しん》を持《も》っていていじわるをする。
ISEI SHINOMIYA
篠《しの》宮《みや》一《いっ》星《せい》
『Ripple《リップル》』の元《もと》カリスマモデル。いまは宣伝担当《せんでんたんとう》のプレスとして働《はたら》いている。

Contents

もくじ

1 白鳥《しらとり》ここあ、ナイショでモデルやってます！ …… 005

2 金髪《きんぱつ》の読《どく》モが登場《とうじょう》 …… 024

3 亜蓮《あれん》くんとの撮影開始《さつえいかいし》 …… 036

4 思《おも》いがけないプレゼント …… 058

5 登生《とうい》VS《ブイエス》亜蓮《あれん》!? …… 071

6 メンズの撮影《さつえい》はトラブルの予感《よかん》！ …… 085

7 ドキドキ♥夜《よる》の浜辺《はまべ》デート …… 097

8 ここあの涙《なみだ》 …… 108

9 離《はな》れていく心《こころ》 …… 121

10 コスメボックス、危機一髪《ききいっぱつ》！ …… 147

11 アクアマリンの誓《ちか》い …… 161

Cocoa's cosmetics box

1 白鳥《しらとり》ここあ、ナイショでモデルやってます！

「うわーっ、どうして目覚《めざ》ましが鳴《な》らなかったの!?　今日《きょう》の空手部《からてぶ》の朝練《あされん》は、試合前《しあいまえ》の最《さい》後《ご》の練習《れんしゅう》だっていうのに、やばい！」

あわててベッドから飛《と》び起《お》きて、クローゼットの引《ひ》き出《だ》しから練習着《れんしゅうぎ》を引《ひ》っぱり出《だ》すと、ものすごい速《はや》さで着替《きが》え始《はじ》めた。

私《わたし》、白鳥《しらとり》ここあ。中学一年生《ちゅうがくいちねんせい》。

特技《とくぎ》が空手《からて》だからか、かわいいよりも、かっこいいと言《い》われてしまうタイプ。

「こういう日《ひ》にかぎって、ママも朝早《あさはや》くから仕事《しごと》なんだよね」

私《わたし》のママはメイクアップアーティスト。雑誌《ざっし》の撮影《さつえい》やイベントの仕事《しごと》で、毎日《まいにち》すごく忙《いそが》しそう。

でも、八年前《はちねんまえ》に亡《な》くなったパパの分《ぶん》まで、一生懸命《いっしょうけんめい》働《はたら》いてくれてるから、私《わたし》もなるべく家事《かじ》は手伝《てつだ》ってるんだ。

「あと三分《さんぷん》で出《で》なくちゃ、まにあわないよ！」

練習《れんしゅう》のジャマになるから、髪《かみ》の毛《け》だけは結《むす》ぼう。

私《わたし》は、そばにあったコスメボックスを開《ひら》いて、鏡《かがみ》を見《み》た。

はねてる髪《かみ》の毛《け》は見《み》なかったことにして、強引《ごういん》にひとつにまとめる。

「時間《じかん》ないし、これでいいよね？　あとは顔《かお》だけ洗《あら》えば……」

その時《とき》、コスメボックスの鏡《かがみ》が七色《なないろ》に光《ひか》りだして、ふわりと小《ちい》さな妖精《ようせい》が現《あらわ》れた。

「ここあ、せめてクシでとかそうよ！　後ろ姿《うしろすがた》がすごいことになってるよ～っ」

「ちぇるし～！」

ピンクとエメラルドグリーンのツインテールに、パステルカラーのゆめかわな原宿《はらじゅく》ファッションをしたちぇるし～は、オシャレでかわいい鏡《かがみ》の精《せい》。

ちぇるし～は、恋《こい》する女《おんな》の子《こ》や、かわいくなりたい子《こ》たちを、さりげなくお手伝《てつだ》いしてるんだけど……、目《め》の前《まえ》の髪《かみ》の毛《け》がボサボサな私《わたし》の姿《すがた》を見《み》たちぇるし～は、**はあっ**とため息《いき》をついた。

私《わたし》はちぇるし～の前《まえ》で手《て》を合《あ》わせると、

「お願《ねが》い、今日《きょう》だけは見逃《みのが》して！　空手部《からてぶ》の朝練《あされん》は絶対《ぜったい》に遅刻《ちこく》できないの。ボロボロでもまにあえばいいいんだよ！　朝練《あされん》が終《お》わったら、髪《かみ》の毛《け》は春香《はるか》にキレイに結《むす》んでもらうから」

「も一、これからは恋《こい》もオシャレもがんばるって宣言《せんげん》したばかりなのに、さっそくこれじゃ、登《とう》生《い》にがっかりされちゃうよ～？」

「うっ！」

登生《とうい》の名前《なまえ》を聞《き》いて、ドキっとする。

織田登生《おだとうい》。

中高生《ちゅうこうせい》に大人気《だいにんき》のファッションブランド、『Ripple《リップル》』のモデルで社長《しゃちょう》の息子《むすこ》。

かっこいいのはもちろん、オシャレで、女《おんな》の子《こ》にすごく人気《にんき》があるんだ。

そして……、私《わたし》の好《す》きな人《ひと》でもある。

うれしいことに、登生《とうい》も私《わたし》を好《す》きだって言《い》ってくれたけど、……それは、私《わたし》じゃない。

どういうことかって？

実《じつ》は、私《わたし》はちぇるし～の魔法《まほう》で、ちょっぴり大人《おとな》の美少女《びしょうじょ》モデル「ショコラ」に変身《へんしん》できるの!!

変身《へんしん》した私《わたし》は、登生《とうい》に誘《さそ》われるまま、なんとRipple《リップル》でモデルデビューしちゃったんだ。

いっしょにモデルの仕事《しごと》をしていくうちに、登生《とうい》はショコラのことを好《す》きになってくれたんだけど……、まさかショコラの正体《しょうたい》が、中学一年生《ちゅうがくいちねんせい》のここあだなんて言《い》えないよ!!

これは、私《わたし》とちぇるし～だけの秘密《ひみつ》なんだ。

「あ、彼《かれ》といっしょに登校《とうこう》するのに、ヘアアレンジがうまくいかなくて、困《こま》ってる声《こえ》が聞《き》こえる！　ちぇるし～、ちょっとお手伝《てつだ》いしてくるね。今日《きょう》のここあは、カワイイをあきらめたみたいだし」

ちぇるし～の言葉《ことば》が、ぐさっと胸《むね》に刺《さ》さる。

「明日《あした》からはがんばるよ！　じゃ、ホントにやばいから、もう行《い》くね」

「じゃあ、またね！」

ちぇるし～がコスメボックスの鏡《かがみ》の中《なか》へ帰《かえ》っていくと、私《わたし》もあわてて家《いえ》を飛《と》び出《だ》した。

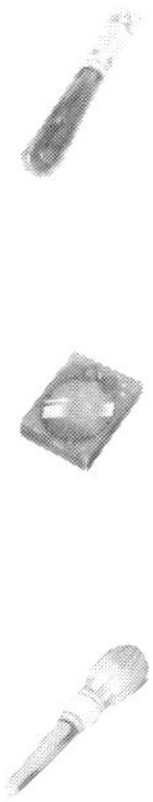

「うわぁ、ここあ！　髪《かみ》の毛《け》がボサボサだよ？　そんなにハードな朝練《あされん》だったの？」

朝練《あされん》が終《お》わって教室《きょうしつ》に入《はい》ると、親友《しんゆう》の春香《はるか》が、二《ふた》つに結《むす》んだ髪《かみ》の毛《け》を揺《ゆ》らしながらやってきた。

「練習《れんしゅう》もハードだけど……、起《お》きたのがギリギリで」

「いいから座《すわ》って。すぐに直《なお》してあげる」

春香《はるか》はポケットからクシを出《だ》すと、私《わたし》の髪《かみ》をていねいにとかし始《はじ》めた。

「ん？　ここあ、髪《かみ》がからまってクシが通《とお》らないよ」

「ごめん、今朝《けさ》、とかしてこなかったから……」

「信《しん》じらんないよー。まっすぐできれいな髪《かみ》なのに、もったいない。しかも、髪《かみ》がきしんでるけど、ちゃんとトリートメントしてる？」

「してないよ。だって面倒《めんどう》だし……。あっ、でもシャンプーは毎日《まいにち》してるからね？」

「洗《あら》うのなんて、当《あ》たり前《まえ》だよ！　どうりでとかしにくいと思《おも》った。……はい、できあがり」

「春香《はるか》、ありがと！」

お礼《れい》を言《い》って鏡《かがみ》を見《み》たら、

「あれっ？　いつもとちがう？」

後《うし》ろの髪《かみ》はおろしてあるし、横《よこ》の髪《かみ》が、両耳《りょうみみ》の上《うえ》でかわいくアレンジしてある。

「いつもポニーテールだから、たまにはちがう髪型《かみがた》もいいかなって。サイドの髪《かみ》の毛《け》をくるりんぱしてみたんだ！　かわいいでしょ？」

「くるりんぱ？」

「見《み》てて」

春香《はるか》は、二《ふた》つに結《むす》んだ自分《じぶん》の髪《かみ》の毛《け》を使《つか》って、私《わたし》に見《み》せてくれた。

「ゴムでしばってから、結《むす》び目《め》の上《うえ》を二《ふた》つに割《わ》るの。そこに毛束《けたば》を通《とお》して、きゅっと引《ひ》っぱれば……、ほら、くるりんぱの完成《かんせい》だよ！」

「へぇー！」

一瞬《いっしゅん》で、結《むす》び目《め》がかわいくなっちゃった！

「くるりんぱは、かわいいし簡単《かんたん》だから、不器用《ぶきよう》なここあでもできると思《おも》うんだ。ちょっとヘアアレンジするだけで、けっこうイメージ変《か》わるんだから」

「ほんとだね！　春香《はるか》、すごいよ！」

私《わたし》が感心《かんしん》していると、春香《はるか》は雑誌《ざっし》を持《も》ってきて私《わたし》の目《め》の前《まえ》に突《つ》きつけた。

「さぁ、ここあもいっしょに、ファッション雑誌《ざっし》見《み》て、もっと研究《けんきゅう》しよう！」

「『TEEN'S《ティーンズ》　FAN《ファン》』七月号《しちがつごう》……って、これ、もしかして最新号《さいしんごう》？」

「そうだよ。昨日《きのう》買ったばっかりなんだ」

「ねぇ春香《はるか》、ちょっと見《み》せてくれる？」

「どうしたの？　めずらしいね」

もしかしてこの最新号《さいしんごう》……、ドキドキしながら必死《ひっし》にページをめくる。

あった……！

お目当《めあ》てのページが見《み》つかって、思《おも》わず笑顔《えがお》になる。

「夏《なつ》のデートで着《き》るRipple《リップル》」のページには、登生《とうい》とショコラの私《わたし》が、楽《たの》しそうに浮《う》き輪《わ》を持《も》っている写真《しゃしん》がのっていた。

こうして、できあがった雑誌《ざっし》を見《み》ると、登生《とうい》と撮影《さつえい》したのは夢《ゆめ》じゃなかったんだって思《おも》えるよ。

ほかにも、スウェットのワンピースにシャツを腰《こし》に巻《ま》いている私《わたし》の写真《しゃしん》がのっている。小《ちい》さな写真《しゃしん》だけど、OK《オーケー》をもらうのに必死《ひっし》だったよね。

「もしかして、ここあもRipple《リップル》が好《す》きになった?」

「あ、うん。春香《はるか》といっしょに行《い》ってから、いいなって」

「だよね! Ripple《リップル》に行《い》くと、必《かなら》ず何《なに》か買《か》っちゃうんだよね。……そういえばさ、登生《とうい》くんと一緒《いっしょ》に写《うつ》ってる女《おんな》の子《こ》、すっごくかわいいと思《おも》わない? ショコラちゃんっていう新《あたら》しいRipple《リップル》のモデルらしいよ」

「えっ!?」

春香《はるか》の言葉《ことば》にドキッとする。

「夏《なつ》のRipple《リップル》のポスターにも出《で》てるんだよ。これまで美音《みおん》ちゃんがイメージモデルだったけど、ショコラちゃんに代《か》わったのかなぁ」

「それは、ないんじゃないかな……？」

私《わたし》は苦笑《にがわら》いをしながら、美音《みおん》さんのことを思《おも》い出《だ》していた。

登生《とうい》のことが大好《だいす》きな美音《みおん》さんは、ショコラが気《き》にくわなくて、あれこれと撮影《さつえい》のジャマをしてきて、本当《ほんとう》に大変《たいへん》だったんだ。

あの美音《みおん》さんが、簡単《かんたん》にRipple《リップル》のモデルをやめるわけないよ！

「ネットでも噂《うわさ》になってるよ。新人《しんじん》なのに、いきなりRipple《リップル》のモデルをやってるショコラちゃんって、何者《なにもの》？　ってね」

「そうなの!?」

雑誌《ざっし》やポスターの力《ちから》ってすごいんだな……。

「ショコラちゃんはこれから絶対《ぜったい》にブレイクすると思《おも》うんだ。私《わたし》も今月号《こんげつごう》を見《み》て、すぐにファンになっちゃったし！」

「ファン？」

私《わたし》の中《なか》に、くすぐったい喜《よろこ》びが広《ひろ》がる。

「だって、ショコラちゃん、キラキラしてかわいいんだもん」

雑誌《ざっし》を見《み》て、ショコラを好《す》きになってくれたなんて、すごくうれしい。

「……ありがと、春香《はるか》」

「え？　何《なに》が？」

きょとんとしている春香《はるか》に、私《わたし》は笑《わら》ってごまかした。

「ええっと、髪《かみ》の毛《け》やってくれてありがとねって……あはは」

「髪《かみ》の毛《け》？　ああ、どういたしまして。とにかく、ここあもショコラちゃんみたいにかわいくなれるよう、がんばろ！」

「う、うん」

そうだ、ショコラみたいになれるよう、がんばろうって思《おも》ったばかりなのに、これじゃダメダメだよ。

やっぱり明日《あした》からは、もうちょっと早起《はやお》きしよう！

私《わたし》は、学校《がっこう》の終《お》わりに『TEEN'S《ティーンズ》 FAN《ファン》』を買《か》ってくると、部屋《へや》でゆっくり見《み》ながら、登生《とうい》と撮影《さつえい》したことを思《おも》い出《だ》していた。

へこんだり、辛《つら》い思《おも》いもしたけど、それ以上《いじょう》に、登生《とうい》といっしょに撮影《さつえい》した時《とき》のドキドキが胸《むね》に残《のこ》ってるよ。

そっと、写真《しゃしん》の登生《とうい》に触《ふ》れてみる。

「登生《とうい》、元気《げんき》かな」

あれから登生《とうい》とは会《あ》ってないし、声《こえ》も聞《き》いてない。

電話番号《でんわばんごう》は知《し》ってるけど、いきなり電話《でんわ》したら、困《こま》るよね？

「ちょっとでもいいから、会《あ》いたいな……」

登生《とうい》のツイッターを見《み》ると、Ripple《リップル》のイベントや撮影《さつえい》で忙《いそが》しそう。

先週《せんしゅう》なんて、韓国《かんこく》でロケしたっていうから、びっくりだよ。

登生《とうい》はショコラのことを好《す》きだって言《い》ってくれたけど、付《つ》き合《あ》おうと言《い》われたわけでもなくて……。

あれ？　私《わたし》たちって、すっごく微妙《びみょう》な関係《かんけい》？

しかも一ヶ月《いっかげつ》も連絡《れんらく》がないって、もしかして登生《とうい》は私《わたし》のこと忘《わす》れちゃってるのかな。

そう思《おも》ったらどんどん不安《ふあん》になって、私《わたし》はコスメボックスを開《あ》けた。

「ちぇるし～、いる？」

しばらくして、七色《なないろ》の光《ひかり》とともに、ちぇるし～が鏡《かがみ》から出《で》てきてくれた。

「ここあ、どうしたの？　元気《げんき》ないね？」

「うん……。実《じつ》はね、もう一ヶ月《いっかげつ》くらい登生《とうい》と会《あ》ってないし、連絡《れんらく》もないんだ。私《わたし》のこと忘《わす》れちゃったのかな」

「なあんだ。登生《とうい》から連絡《れんらく》がないなら、ここあから電話《でんわ》してみれば？」

「ええっ？　無理《むり》だよ！　だって登生《とうい》はすごく忙《いそが》しそうだもん。撮影中《さつえいちゅう》だったら迷惑《めいわく》だし」

「そう？　撮影中《さつえいちゅう》なら出《で》ないだけでしょ。一人《ひとり》で悩《なや》んでるより、今《いま》すぐかけてみようよ！」

「待《ま》って、今《いま》すぐって、心《こころ》の準備《じゅんび》が」

「ここあ！　そんなこと言《い》ってたら、一生電話《いっしょうでんわ》できないよ？　もしかしたら登生《とうい》も、電話《でんわ》がくるのを待《ま》ってるかもしれないよ」

「登生《とうい》が？」

「そうだよ。ちぇるし〜もそばで見《み》てるからさ、今《いま》からかけなよ！」

「う、うん」

ちぇるし〜の言《い》うとおり、忙《いそが》しかったら出《で》ないだけだよね。

こうして背中《せなか》を押《お》してもらわないと、自分《じぶん》からかけるなんて、絶対《ぜったい》に無理《むり》だし。

覚悟《かくご》を決《き》めると、私《わたし》は震《ふる》える手《て》で、登生《とうい》の番号《ばんごう》に電話《でんわ》をかけた。

呼《よ》び出《だ》し音《おん》が鳴《な》るたびに、胸《むね》のドキドキが大《おお》きくなる。

けど、しばらく待《ま》っても登生《とうい》は電話《でんわ》に出《で》ない。やっぱり忙《いそが》しいのかな。

あきらめて電話《でんわ》を切《き》ろうとすると、

『もしもし、ショコラか？』

登生《とうい》の声《こえ》が聞《き》こえて、うれしさで胸《むね》がいっぱいになる。

「うん。もしかして今《いま》、仕事中《しごとちゅう》だった？」

『いや、移動中《いどうちゅう》。これから撮影《さつえい》なんだ』

「そっか。忙《いそが》しそうだね」

『それより、何《なに》かあったのか？』

「あ、特《とく》に用事《ようじ》はないんだけど……、元気《げんき》かなって。その、いきなり電話《でんわ》してごめんなさい」

やっぱり、迷惑《めいわく》だったかも。

シュンとなった私《わたし》に、登生《とうい》は明《あか》るく言《い》った。

『謝《あやま》るなよ。ショコラから電話《でんわ》くれて、俺《おれ》、すっげーうれしいんだけど』

「えっ？」

登生《とうい》の言葉《ことば》に、私《わたし》もうれしくなる。

『電話《でんわ》したかったけど、ショコラってどんな生活《せいかつ》してるかわからなくて、かけるタイミングがなくてさ』

「私《わたし》も、登生《とうい》は仕事《しごと》で忙《いそが》しいから、電話《でんわ》かけたら迷惑《めいわく》かなって」

『そんなこと気《き》にするなよ。撮影《さつえい》してたって、休憩時間《きゅうけいじかん》や待《ま》ち時間《じかん》もあるし。ショコラの声《こえ》が聞《き》けて、うれしい』

優《やさ》しい言葉《ことば》に、胸《むね》がキュンとする。

「……実《じつ》はね、登生《とうい》は私《わたし》のことなんて、忘《わす》れちゃってるかもって、思《おも》ってた」

『忘《わす》れるわけないだろ？　最近《さいきん》、大《おお》きな仕事《しごと》が重《かさ》なって、ゆっくりするヒマもなかったけど……、ショコラのことを思《おも》わなかった日《ひ》は、一日《いちにち》もないから』

「！」

心《こころ》に広《ひろ》がっていた不安《ふあん》が、一気《いっき》に消《き》えていく。

やっぱりちぇるし～の言《い》うとおり、電話《でんわ》してよかった。

登生《とうい》がこんなに、私《わたし》のことを思《おも》ってくれてたなんて、聞《き》かなきゃわからなかったよ。

『あのさ、ショコラにこの話《はなし》をするか迷《まよ》ってたんだけど、やっぱり言《い》うよ。二週間後《にしゅうかんご》の土《ど》日《にち》に一泊二日《いっぱくふつか》で、神奈川《かながわ》でRipple《リップル》の秋服《あきふく》のカタログ撮影《さつえい》があるんだ。ショコラも来《く》る？』

「一泊《いっぱく》……？」

私《わたし》はすぐに答《こた》えが出《だ》せなくて、黙《だま》ってしまった。

泊《と》まりだと、ママになんて言《い》えばいいんだろう。

春香《はるか》の家《いえ》に泊《とま》るってウソをついたとしても、今度《こんど》は春香《はるか》になんて説明《せつめい》すればいいの？

せっかく登生《とうい》に会《あ》えるチャンスなのに……。

黙《だま》ったままの私《わたし》に、登生《とうい》がためらいがちに続《つづ》けた。

『二日間《ふつかかん》でカタログの写真《しゃしん》を一気《いっき》に撮《と》るから、一泊《いっぱく》になったんだ。けど、ショコラは家《いえ》が遠《とお》いって言《い》ってたし……、難《むずか》しいよな？』

すごく行《い》きたいけど、今回《こんかい》は無理《むり》かもしれないな。

断《ことわ》ろうと思《おも》ったその時《とき》、電話《でんわ》を聞《き》いていたちぇるし〜が、ふわりと浮《う》かんで、もう一方《いっぽう》の私《わたし》の耳《みみ》に、**ごにょごにょ**とささやいた。

あ……、そっか、その手《て》があるかも！

「登生《とうい》、私《わたし》、なんとか行《い》けるようにしてみる。でもね、ひとつお願《ねが》いがあるの」

『お願《ねが》い？』

「それはね……」

私《わたし》は登生《とうい》に、ちぇるし〜の作戦《さくせん》を話《はな》し始《はじ》めた。

「あー、やっと帰《かえ》れたわぁ。朝早《あさはや》くから一日《いちにち》ロケに同行《どうこう》したから、クタクタよ〜」

夜《よる》の八時《はちじ》を過《す》ぎたころ、ママが帰《かえ》ってきた。

「ママ、お帰《かえ》り。夕飯《ゆうはん》にチャーハンを作《つく》っておいたよ」

「ここあ！　ありがとー。夕飯作《ゆうはんつく》る気力《きりょく》がなかったから、助《たす》かるわ〜」

ママはさっそく、私《わたし》の作《つく》ったチャーハンを食《た》べ始《はじ》めた。

「そういえば、二週間後《にしゅうかんご》の土日《どにち》、神奈川《かながわ》で一泊《いっぱく》のロケの仕事《しごと》が入《はい》ったんだけど、受《う》けようか迷《まよ》ってるのよね。ここあを一人家《ひとりいえ》に置《お》いていけないし、部活《ぶかつ》があるから、ここあもママといっしょに行《い》くのは嫌《いや》でしょ？」

その言葉《ことば》に、待《ま》ってました、とばかりに返事《へんじ》をする。

「ママ、私《わたし》も行《い》くよ。前《まえ》みたいに、部活《ぶかつ》が終《お》わってから向《む》かえばいいんじゃない？　次《つぎ》の日《ひ》も一人《ひとり》で帰《かえ》るから大丈夫《だいじょうぶ》だよ」

「本当《ほんとう》に？　たしかに東京《とうきょう》から一時間《いちじかん》くらいで行《い》ける場所《ばしょ》だし……、じゃあ、ここあが大《だい》丈夫《じょうぶ》なら仕事《しごと》受《う》けるね」

ママはうれしそうに、スマホで連絡《れんらく》を取《と》り始《はじ》めた。

よし、うまくいった！

ちぇるし～の作戦《さくせん》……、それは、メイクをママにしてほしいって、登生《とうい》に頼《たの》んでみること。

そうすれば、ママといっしょに一泊《いっぱく》できるでしょ？

ショコラになったり、ここあになったりしなくちゃいけないけど、きっとなんとかなる、よね？

少《すこ》しの不安《ふあん》はあるけど、それ以上《いじょう》に登生《とうい》に会《あ》いたいから。

電話《でんわ》しているママからそっと離《はな》れて部屋《へや》に戻《もど》ると、ちぇるし～がV《ブイ》サインをして現《あらわ》れた。

「ちぇるし～の作戦《さくせん》、うまくいったでしょ？」

「ちぇるし～、すごいよ！　ありがとう！」

「ふふーん。ここあの役《やく》にたててよかったよ！　それにしても、登生《とうい》といっしょに一泊《いっぱく》だなんて、考《かんが》えただけでもドキドキだよね～？」

「ちぇるし～ってば、モデルの仕事《しごと》で行《い》くんだから！」

けど、この日《ひ》は夜《よる》までずっと登生《とうい》といられるし、次《つぎ》の日《ひ》も会《あ》えるんだよね。

いつもとはちがうシチュエーションに、素敵《すてき》なことが起《お》こりそうな予感《よかん》がして、胸《むね》のドキドキは、すぐに収《おさ》まりそうになかった。

2 金髪《きんぱつ》の読《どく》モが登場《とうじょう》

そして、ロケの日《ひ》がやってきた。

私《わたし》は三十分前《さんじっぷんまえ》に、待《ま》ち合《あ》わせ場所《ばしょ》の駅《えき》に着《つ》くと、すぐに駅《えき》のトイレに入《はい》った。

コスメボックスを開《あ》けて、鏡《かがみ》に向《む》かって話《はな》しかける。

「ちぇるし〜、ショコラになりたいから、出《で》てきて！」

すると、鏡《かがみ》が七色《なないろ》に光《ひか》りだして、ちぇるし〜が現《あらわ》れた。

「ここあ、いよいよロケだね！　さぁ、今日《きょう》も気合《きあい》入《い》れていくよ〜！　ちぇるし〜の、魔法《まほう》!!」

ちぇるし〜が七色《なないろ》のうずまきキャンディをふりかざすと、ぶわっと虹色《にじいろ》のうずが生《う》まれて、一気《いっき》に私《わたし》を包《つつ》みこむ。

あたりに広《ひろ》がった、キャンディの甘《あま》い香《かお》りがなくなると、そっと目《め》を開《あ》けた。

「はい、完成《かんせい》〜！」

「……わぁ、かわいいスカート！」

「オレンジのブラウスも、刺繍《ししゅう》が入《はい》ってて、かわいいでしょ？　ストローハットもかぶって、バッチリ！」

「ちぇるし〜、ありがとう！　ステキなコーデだね！」

「オシャレな人《ひと》たちが集《あつ》まるから、ちぇるし〜も、気合入《きあいい》れてコーデしたよ！　それじゃ、がんばってきてね！」

「うん！」

ちぇるし〜がコスメボックスに帰《かえ》るのを見届《みとど》けてから、駅《えき》のロータリーに出《で》た。

すると、女《おんな》の人《ひと》たちのはしゃぐ声《こえ》が聞《き》こえてきた。

「ねえ、見《み》て！　黒《くろ》い車《くるま》のところに、すごいイケメンがいるんだけど！」

「ホントだー！　サングラスしてるけど、芸能人《げいのうじん》？」

芸能人《げいのうじん》なみのイケメン？

声《こえ》につられて見《み》ると、そこには背《せ》の高《たか》い、黒髪《くろかみ》の男《おとこ》の人《ひと》がいた。

サングラスをかけていても、イケメンオーラはバッチリ伝《つた》わってくる。

オシャレなモノトーンの服《ふく》を、あんなにかっこよく着《き》こなせるのは……、あの人《ひと》しかいないよね！

「一星《いっせい》さん！」

かけよった私《わたし》に、一星《いっせい》さんはサングラスを取《と》って、優雅《ゆうが》にほほ笑《え》んだ。

「ショコラさん、お久《ひさ》しぶりです」

「はい！　今日《きょう》もよろしくお願《ねが》いします」

一星《いっせい》さんはRipple《リップル》のプレス。

プレスっていうのは、ブランドをPR《ピーアール》するお仕事《しごと》のこと。

Ripple《リップル》の元《もと》カリスマモデルだった一星《いっせい》さんは、今《いま》でも光《ひか》り輝《かがや》いていて、どこにいても目《め》立《だ》ってしまう。

私《わたし》も一星《いっせい》さんに初《はじ》めて会《あ》った時《とき》は、あまりの美《うつく》しさに、見《み》とれちゃったもん。

まだモデルとしても活躍《かつやく》できそうなのに、スタッフをやってるなんて、もったいないな。

「ねぇ、隣《となり》の女《おんな》の子《こ》もかわいいよね？　スタイルいいし、モデルさんかなぁ？」

「あの二人《ふたり》、絶対《ぜったい》に芸能人《げいのうじん》カップルだよ！」

さっきの女《おんな》の人《ひと》たちが、私《わたし》たちにスマホを向《む》けて、盛《も》り上《あ》がってる。

一星《いっせい》さんはちらりと女《おんな》の人《ひと》たちを見《み》てから、さっと助手席《じょしゅせき》のドアを開《あ》けてくれた。

「では行《い》きましょう。十分《じっぷん》もあれば現場《げんば》に着《つ》きますから」

私《わたし》がいそいで助手席《じょしゅせき》に乗《の》りこむと、車《くるま》は静《しず》かに動《うご》き出《だ》して、駅《えき》のロータリーを出《で》た。

大通《おおどお》りに出《で》てホッとすると、一星《いっせい》さんが話《はな》しだした。

「スケジュールを簡単《かんたん》に伝《つた》えておきますね。今《いま》から海《うみ》の見《み》えるレストランで撮影《さつえい》を行《おこな》います。そのあとも撮影《さつえい》は続《つづ》きますが、今日《きょう》のショコラさんの出番《でばん》は、それで終《お》わりです。

明日《あした》は朝《あさ》から二《ふた》つ続《つづ》けて入《はい》っていますので、よろしくお願《ねが》いします」

「じゃあ、私《わたし》は三《みっ》つの撮影《さつえい》に出《で》るんですね？」

「ええ。二日間《ふつかかん》で秋《あき》のカタログ写真《しゃしん》を撮《と》るので、つめこんだスケジュールになっています。

……あと、今夜《こんや》、ホテルに宿泊《しゅくはく》することは、親御《おやご》さんに話《はな》してありますよね？」

「！」

うわ、なんて言《い》えばいいんだろう？

ショコラの親《おや》って、いないし！

信号待《しんごうま》ちをしていた一星《いっせい》さんが、ちらっと私《わたし》に目《め》をやった。

「実《じつ》は私《わたし》、モデルやってること、親《おや》にはナイショにしてるんです」

一星《いっせい》さんは、私《わたし》の言葉《ことば》に目《め》を見開《みひら》いた。

「そう、でしたか……」

何《なに》も言《い》えずにうつむいていると、一星《いっせい》さんは優《やさ》しい声《こえ》で続《つづ》けた。

「人《ひと》にはそれぞれ、事情《じじょう》がありますからね。では、今日《きょう》はいったん家《いえ》に帰《かえ》りますか？

明日《あした》の朝《あさ》はかなり早《はや》めの集合《しゅうごう》になってしまいますが……」

一星《いっせい》さんが、本気《ほんき》で私《わたし》を心配《しんぱい》し始《はじ》めたから、あわてて言《い》った。

「あの、とりあえず今日《きょう》は、友達《ともだち》の家《いえ》に泊《と》まることになってるので大丈夫《だいじょうぶ》です！」

「……なるほど。今後《こんご》はショコラさんの事情《じじょう》も配慮《はいりょ》して、スケジュールを組《く》みますね。今《いま》、ショコラさんの写《うつ》った雑誌《ざっし》やポスターが世間《せけん》に出回《でまわ》っていますが、大丈夫《だいじょうぶ》ですか」

「うちの親《おや》はファッション雑誌《ざっし》なんて見《み》ないし、気《き》づかないと思《おも》います！」

なんとかごまかしたけど、一星《いっせい》さんは真剣《しんけん》に考《かんが》えてくれてるから、心苦《こころぐる》しいよ。

「ショコラさんには、いずれRipple《リップル》の専属《せんぞく》モデルになっていただきたいと思《おも》っていましたが、当面《とうめん》は無理《むり》なく、〝読《どく》モ〟として活動《かつどう》しましょうか」

「〝読《どく》モ〟？」

「読者《どくしゃ》モデル……、学生《がくせい》やほかの仕事《しごと》をしながらモデルをやっている人《ひと》たちのことですよ。今日《きょう》の撮影《さつえい》にも、読《どく》モの方《かた》をお呼《よ》びしています」

「へぇ……」

よくわからないけど、一星《いっせい》さんに任《まか》せておけばいいんだよね？

私《わたし》、言《い》えないことも多《おお》いけど、一星《いっせい》さんは無理《むり》に聞《き》いてこないし、私《わたし》がモデルをできるように手配《てはい》してくれて、ほんとに頼《たよ》れる大人《おとな》の男《おとこ》の人《ひと》って感《かん》じだな。

見《み》た目《め》も完璧《かんぺき》で、中身《なかみ》も素敵《すてき》な人《ひと》って、いるんだね……。

「まだ何《なに》か、心配《しんぱい》なことがありましたか？」

私《わたし》の視線《しせん》に気《き》づいて、一星《いっせい》さんが、黒《くろ》い瞳《ひとみ》をまっすぐに向《む》けてきたから、思《おも》わずドキッとした。

「い、いえ！　そういえば、今日《きょう》の撮影《さつえい》は登生《とうい》と、……美音《みおん》さんもいっしょですか？」

今回《こんかい》も撮影《さつえい》をジャマされたらどうしようって、おそるおそる聞《き》くと、

「いえ、美音《みおん》ちゃんはどうしても外《はず》せない仕事《しごと》が入《はい》っていて、今回《こんかい》は来《こ》られないそうです」

「……そうですか」

意外《いがい》だな。

登生《とうい》が来《く》る一泊《いっぱく》のロケって聞《き》いたら、絶対《ぜったい》に美音《みおん》さんは来《く》ると思《おも》ってたのに！

けど、美音《みおん》さんも人気《にんき》モデルだし、忙《いそが》しいよね。

私《わたし》はホッとして、窓《まど》の外《そと》の景色《けしき》を見《み》た。

暗《くら》いトンネルを抜《ぬ》けたとたん、

「海《うみ》だぁ!!」

海《うみ》が見《み》えて、一気《いっき》にテンションが上《あ》がる！

海《うみ》の見《み》えるステキな街《まち》で、登生《とうい》といっしょに一泊《いっぱく》するなんて、考《かんが》えただけでもドキドキしてくるよ！

やがて、車《くるま》は撮影《さつえい》の行《おこな》われるレストランに着《つ》いた。

私《わたし》は案内《あんない》されて、二階《にかい》に上《あ》がる。

「わぁ……、すてきなレストラン！　目《め》の前《まえ》が海《うみ》だよ!!」

二階《にかい》は大《おお》きなテラス席《せき》。

テラスの向《む》こうには海《うみ》が広《ひろ》がっていて、水平線《すいへいせん》まで見渡《みわた》せるよ！

真《ま》っ赤《か》なパラソルの下《した》には、白《しろ》いテーブルが並《なら》んでいる。

けど、今《いま》は、撮影用《さつえいよう》の機材《きざい》やセットでうめつくされて、スタッフさんたちも忙《いそが》しそうに走《はし》り回《まわ》っていた。

「ショコラちゃん、おはよう！　今日《きょう》もたくさん服《ふく》を持《も》ってきたから。楽《たの》しみにしてて」

スタイリストの浜島《はましま》さんが、ポンと肩《かた》をたたいてくれた。

「浜島《はましま》さん！　今日《きょう》もよろしくお願《ねが》いします」

Ripple《リップル》の撮影《さつえい》も三回目《さんかいめ》だから、スタッフさんの顔《かお》もだいぶ覚《おぼ》えてきた。

「はい、目線《めせん》こっちで。もうちょっとアゴを引《ひ》いて」

よかった、やっぱり今日《きょう》もカメラマンは坂田《さかた》さんだ。

今《いま》、テラスの奥《おく》の方《ほう》で撮影《さつえい》してるみたい。

「誰《だれ》だろう……？」

ジャマにならないように、離《はな》れたところからのぞくと、見《み》たことのない金髪《きんぱつ》のモデルさんがテーブルにほおづえをついている。

さっき一星《いっせい》さんが言《い》ってた、読《どく》モの子《こ》かな？

真《ま》っ白《しろ》な肌《はだ》に、赤《あか》い唇《くちびる》とボーイッシュな金髪《きんぱつ》のショートヘアがすごく似合《にあ》っていて、思《おも》わず見《み》とれてしまう。

「キレイな子《こ》……」

赤《あか》のタータンチェックのトップスに黒《くろ》いカーディガンをはおって、黒《くろ》いスキニーパンツとミニのプリーツスカートを合《あ》わせている。原宿《はらじゅく》っぽい厚底《あつぞこ》ブーツもかわいい。

ガーリーな美音《みおん》さんとはちがって、カジュアルでポップな感《かん》じ！

美音《みおん》さんとは仲良《なかよ》くなれなかったから、今日《きょう》は楽《たの》しく撮影《さつえい》できるといいな。

「はい、OK《オーケー》！　じゃ、次《つぎ》の服《ふく》いこうか」

坂田《さかた》さんの声《こえ》で、現場《げんば》はガヤガヤと動《うご》き出《だ》した。

さっきの読《どく》モの子《こ》が、次《つぎ》の服《ふく》をとりに歩《ある》き出《だ》したから、私《わたし》はあいさつをしようと、肩《かた》を

ポンとたたいた。

「今日《きょう》いっしょに撮影《さつえい》するショコラです！　よろしくね」

読《どく》モの子《こ》が振《ふ》り返《かえ》ったとたん、キレイなグレーの瞳《ひとみ》と目《め》が合《あ》う。

その瞬間《しゅんかん》、何《なに》かが心《こころ》に引《ひ》っかかった。

なんだろう、この不思議《ふしぎ》な感《かん》じ。

そこに、スタイリストの浜島《はましま》さんがやってきて、

「亜蓮《あれん》くん、次《つぎ》のコーデのことだけど」

「亜蓮《あれん》くん、、……って、え？」

目《め》をぱちくりさせてる私《わたし》に、彼《かれ》は赤《あか》い唇《くちびる》の端《はし》を上《あ》げて笑《わら》った。

「千堂亜蓮《せんどうあれん》、れっきとした男子《だんし》だけど、なにか？」

「お、男《おとこ》の子《こ》なの――っ!?」

3 亜蓮《あれん》くんとの撮影開始《さつえいかいし》

私《わたし》はぼうぜんとして、目《め》の前《まえ》のキレイすぎる男子《だんし》を見《み》つめた。

「亜蓮《あれん》くんは、今《いま》はやりのジェンダーレスモデルなのよ。かわいいでしょ？」

浜島《はましま》さんは笑顔《えがお》で言《い》ったけど、まだ信《しん》じられないよ！

「てっきり女《おんな》の子《こ》だと思《おも》って……」

「あのさー、誤解《ごかい》のないように言《い》っておくけど、ボク、メイクするし、レディースの服《ふく》も着《き》るけど、女《おんな》の子《こ》になりたいわけじゃないから。ただ自分《じぶん》が気《き》に入《い》った服《ふく》を着《き》てるだけ。レディースの服《ふく》って、メンズよりもキレーな色《いろ》が多《おお》いし、シルエットもバリエーションが多《おお》くていいんだよね」

浜島《はましま》さんが微笑《ほほえ》んで続《つづ》けた。

「亜蓮《あれん》くんのコーデを考《かんが》えるのは難《むずか》しいけど、性別《せいべつ》を超《こ》えると、コーデの幅《はば》が無限《むげん》に広《ひろ》がるから楽《たの》しくて」

「へぇ……」

亜蓮《あれん》くんは私《わたし》と同《おな》じくらいの身長《しんちょう》だし、すごく細《ほそ》いから、レディースの服《ふく》も着《き》れるよね。肌《はだ》も白《しろ》くてキレイな顔《かお》してるから、メイクもばっちり似合《にあ》ってる。

まるでキレイと、カワイイと、かっこいいを一気《いっき》に集《あつ》めちゃった感《かん》じ？

「ショコラさん、先《さき》にメイクをお願《ねが》いします」

一星《いっせい》さんに呼《よ》ばれて、はっと我《われ》に返《かえ》る。

「あ、はい！」

私《わたし》は、すぐにママのところへ向《む》かった。

ヘアメイクをママにしてほしいって、頼《たの》んだのは私《わたし》だけど、変《へん》なことを言《い》わないように気《き》をつけなくちゃ。

「ポスターの撮影《さつえい》以来《いらい》ね！　さぁ、座《すわ》って」

「よろしくお願《ねが》いします」

イスに座《すわ》ると、ママはさっと肩《かた》にタオルをかけてくれる。

「ショコラちゃん、活躍《かつやく》してるみたいね。一目見《ひとめみ》た時《とき》から、ショコラちゃんはきっと人気《にんき》モデルになると思《おも》ってたわ。学校《がっこう》でも、さぞかしモテるんでしょう？」

「そんなことないです！　時々《ときどき》、髪《かみ》の毛《け》がボサボサなまま行《い》っちゃったり」

「ショコラちゃんが？　意外《いがい》だわ。うちの娘《むすめ》はいつもそんな感《かん》じよ。女《おんな》の子《こ》ってこと、忘《わす》れてないかしら」

「ちょっと、ママってばひどいよ。そこまで言《い》わなくたって」

「え？」

いつものここあの口調《くちょう》に、ママは一瞬《いっしゅん》驚《おどろ》いて、手《て》を止《と》めた。

しまった、またやっちゃったよ！

「えーっと、娘《むすめ》さんだって、そのうちオシャレに目覚《めざ》める時《とき》がくると思《おも》いますよ？　アハハ」

「あ、ああ、そうよね。好《す》きな人《ひと》でもできれば、変《か》わるかしらね」

「そう……かもしれないですね」

あれ？　好《す》きな人《ひと》はいるのに、あんまり変《か》わってない……かも？

「レイコさーん、次《つぎ》にボクのメイク、よろしくお願《ねが》いシマース」

横《よこ》から声《こえ》が聞《き》こえたかと思《おも》うと、隣《となり》のイスに亜蓮《あれん》くんが座《すわ》った。

「亜蓮《あれん》くん、さっきの服《ふく》には赤《あか》いリップで正解《せいかい》だったわね。派手《はで》すぎないか心配《しんぱい》したけど、さすがね」

「でしょー？　レイコさん、このリップ発色《はっしょく》がすごくいいね。気《き》に入《い》ったからボクも買《か》おーかな。色番号《いろばんごう》を覚《おぼ》えておこーっと」

えっ……、これって女性用《じょせいよう》のコスメだよね!?

「レイコさんがおすすめしてくれたメイク落《お》としのクリーム、使《つか》ってみたらすごくいい感《かん》じだったー。洗顔後《せんがんご》にうるおいが残《のこ》ってるもん。レイコさん、さすがだね」

「あのメイク落《お》としは、仕事仲間《しごとなかま》のあいだでも評判《ひょうばん》がいいのよ。オイルやリキッドよりも、クリームタイプの方《ほう》が肌《はだ》への負担《ふたん》が少《すく》ないしね」

「男《おとこ》の肌《はだ》って皮脂《ひし》は多《おお》いのに水分量《すいぶんりょう》は少《すく》ないから、ホント気《き》を使《つか》う。毎日《まいにち》パックしないとカサカサだしー。プロのヘアメイクさんと話《はな》してると、いろんな情報《じょうほう》もらえるから助《たす》かるー」

「本当《ほんとう》に研究熱心《けんきゅうねっしん》ね。プロなみに化粧品《けしょうひん》や美容《びよう》グッズを知《し》ってるんじゃない？」

「SNS《エスエヌエス》でお気《き》に入《い》りのメイク用品《ようひん》を紹介《しょうかい》してるから、確《たし》かな情報《じょうほう》がほしいんだよねー」

亜蓮《あれん》くん、女子力高《じょしりょくたか》すぎるよ！

メイクされながら、横目《よこめ》でチラッと見《み》ると、亜蓮《あれん》くんはバッグからUV《ユーブイ》クリームを出《だ》してぬり始《はじ》めた。

首《くび》から始《はじ》まって、耳《みみ》の裏《うら》、腕《うで》、ちょっとだけ出《で》ている足《あし》の甲《こう》まで、ていねいにぬっていく。

「あー、日焼《ひや》けするから屋外《おくがい》のロケはやだなぁ」

「え？　でも今日《きょう》は曇《くも》ってるから、日焼《ひや》けしないんじゃ……」

ぽろっと出《で》た私《わたし》の言葉《ことば》に、亜蓮《あれん》くんは、けげんそうな表情《ひょうじょう》をうかべた。

「なに言《い》ってんの？　曇《くも》りでも、紫外線《しがいせん》は降《ふ》り注《そそ》いでて日焼《ひや》けすることなんて、今《いま》どき小《しょう》学生《がくせい》だって知《し》ってるしー。君《きみ》、本当《ほんとう》にモデルなの？」

「うっ……、すみません」

曇《くも》ってても日焼《ひや》けするんだ⁉　知《し》らなかった……。

「亜蓮《あれん》くん、本当《ほんとう》に肌《はだ》が白《しろ》いものね」

「日頃《ひごろ》の努力《どりょく》の積《つ》み重《かさ》ねだよ。UV《ユーブイ》クリームは一時間《いちじかん》に一回《いっかい》はぬってるし、外《そと》では絶対《ぜったい》に日傘《ひがさ》さしてるから。一度《いちど》日焼《ひや》けすると、戻《もど》すのに時間《じかん》かかるし、ケアも大変《たいへん》だし」

「一時間《いちじかん》に一回《いっかい》？」

女《おんな》の子《こ》でも、そこまでやってる子《こ》は少《すく》ないんじゃない……？

私《わたし》の気持《きも》ちが伝《つた》わったのか、亜蓮《あれん》くんは冷《ひ》ややかな口調《くちょう》で言《い》った。

「ねー、いちいちそんなことで驚《おどろ》かないでくれる？　っていうか、君《きみ》もモデルならそれくらい当《あ》たり前《まえ》でしょ。あ、額《ひたい》にニキビできてるー」

「え？」

あわてて鏡《かがみ》を見《み》ると、前髪《まえがみ》の生《は》えぎわに、赤《あか》くて大《おお》きなニキビがある。

そういえば、三日前《みっかまえ》からできてたっけ。

どうせショコラに変身《へんしん》するからって、気楽《きらく》に考《かんが》えてたけど、変身《へんしん》してもニキビって消《き》えないんだ⁉

「大事《だいじ》な撮影前《さつえいまえ》に、肌《はだ》のコンディションも整《ととの》えておけないわけ？　はい、プロ失格《しっかく》ー」

亜蓮《あれん》くんの言葉《ことば》が、ぐっさぐっさ胸《むね》に刺《さ》さる。

けど、亜蓮《あれん》くんの言《い》うとおりかもしれない。

白鳥《しらとり》ここあは普通《ふつう》の中学生《ちゅうがくせい》だけど、ショコラは美少女《びしょうじょ》モデルなんだから、もっと肌《はだ》のお手《て》入《い》れもしなくちゃダメだよね。

どよーんと沈《しず》んだ私《わたし》に、ママが優《やさ》しく声《こえ》をかけてくれた。

「まぁまぁ、亜蓮《あれん》くんもお手《て》やわらかにね。ショコラちゃんはまだ新人《しんじん》モデルだから、一《いっ》気《き》にあれもこれもできないわよ。ニキビは目立《めだ》たない場所《ばしょ》だから大丈夫《だいじょうぶ》。最悪《さいあく》、画像《がぞう》の修《しゅう》正《せい》もできるし」

「はい……」

がっくりした私《わたし》の横《よこ》で、亜蓮《あれん》くんはスマホを片手《かたて》に、もう自分《じぶん》の世界《せかい》に入《はい》っていた。

メイクが終《お》わると、浜島《はましま》さんがやってきて、ピンク色《いろ》のふわふわもこもこのコートを渡《わた》してくれた。

「まずは秋《あき》のいちおしアイテムのファーコートね。亜蓮《あれん》くんにも色《いろ》ちがいを着《き》てもらうわ」

そっか、今日《きょう》の撮影《さつえい》は秋服《あきふく》のカタログだっけ。

ムシムシした六月《ろくがつ》にファーコートって、すっごく暑《あつ》そうだな……。

「あとは、この服《ふく》を合《あ》わせてね」

さらに白《しろ》いスウェットと黒《くろ》のプリーツスカート、白《しろ》い靴下《くつした》、秋《あき》っぽいワイン色《いろ》のベロアサンダルを一気《いっき》に渡《わた》されて、両手《りょうて》で抱《かか》えるようにしながら、フィッティングスペースへ向《む》かった。

「ショコラちゃん、来《き》て。亜蓮《あれん》くんと合《あ》わせてみるわ」

着替《きが》えて出《で》ていくと、先《さき》に準備《じゅんび》を終《お》えた亜蓮《あれん》くんがいた。

亜蓮《あれん》くんのファーコートは白《しろ》と黒《くろ》のダルメシアン柄《がら》で、私《わたし》のコートとは全然《ぜんぜん》イメージがちがう。

中《なか》に黒《くろ》のカットソーを着《き》て、黒《くろ》いスキニーパンツと厚底《あつぞこ》ブーツを合《あ》わせてる。

頭《あたま》には白《しろ》いベレー帽《ぼう》をかぶっててかわいい。

……これって、女《おんな》の子《こ》でも着《き》られるコーデだよね？

さすが、ジェンダーレスモデル！

感心《かんしん》してると、亜蓮《あれん》くんは、私《わたし》のコーデを上《うえ》から下《した》までチェックして言《い》った。

「ねー、浜島《はましま》さん、ボクたちオソロっぽく、ショコラも白《しろ》のベレー帽《ぼう》をかぶったらどーかな」

「ベレー帽《ぼう》を？　そうね、いいかもしれない。たしかもう一《ひと》つあったと思《おも》うから、ショコラちゃんもかぶってみようか」

すぐに浜島《はましま》さんがベレー帽《ぼう》を持《も》ってきて、私《わたし》の頭《あたま》にかぶせてくれた。

「いいわね。ショコラちゃんも見《み》てみて？」

言《い》われて、そばにあった鏡《かがみ》をのぞいてみると、

「ホントだ！　さっきよりもかわいい！」

けど、亜蓮《あれん》くんは、まだ納得《なっとく》のいかない顔《かお》をしている。

「あともうひと押《お》し、足《た》りない気《き》がするんだよねー。浜島《はましま》さん、ちょっと小物見《こものみ》せてー。

……あ、こーゆーの！　これ、かわいい」

そう言《い》って、派手《はで》なレインボーカラーのファーポシェットを、私《わたし》の服《ふく》の前《まえ》にあてた。

「へぇ、いいじゃない？　ショコラちゃん、合《あ》わせてみてくれる？」

私《わたし》はポシェットを斜《なな》めがけにすると、浜島《はましま》さんが位置《いち》を直《なお》して、うなずいた。

「レインボーカラーが入《はい》って、ポップなイメージになったわ。同《おな》じベレー帽《ぼう》で亜蓮《あれん》くんとおそろい感《かん》が出《で》たし、いいわね」

亜蓮《あれん》くんって、センスいい！

スタイリストの浜島《はましま》さんに提案《ていあん》するなんて、かなり服《ふく》のことを知《し》らないと、できないよね？

私《わたし》は鏡《かがみ》の前《まえ》に立《た》って、二人《ふたり》がコーデしてくれた服《ふく》を、もう一度《いちど》見《み》た。

原宿《はらじゅく》っぽい、ポップでカジュアルな服《ふく》を着《き》ると、一気《いっき》に気分《きぶん》も明《あか》るくなってくるよ！

「私《わたし》、こういうポップな感《かん》じの服《ふく》って初《はじ》めてかも」

「登生《とうい》くんと撮《と》ったときは、大人《おとな》っぽいコーデが多《おお》かったからね。いっしょに撮《と》る相手《あいて》が変《か》わると、コーデも変《か》わってくるわよね」

亜蓮《あれん》くんといっしょだと、こんなにポップな服《ふく》になるんだ。

新《あたら》しい自分《じぶん》に出会《であ》えたみたいで、すごくうれしい！


カメラの前《まえ》へ行《い》くと、坂田《さかた》さんが私《わたし》に気《き》づいて、笑顔《えがお》を向《む》けてくれた。

「ショコラちゃん、久《ひさ》しぶり！　おや、いつもよりカジュアルなイメージだね？　新《あたら》しい魅力《みりょく》、発見《はっけん》って感《かん》じだよ」

「ありがとうございます」

「今日《きょう》は亜蓮《あれん》くんが加《くわ》わって、いつもとは一味《ひとあじ》ちがうものになりそうだ。ここに登生《とうい》くんも入《はい》ったら、もっとおもしろくなるね」

登生《とうい》と亜蓮《あれん》くん、か。

それぞれステキな二人《ふたり》がいっしょに写《うつ》るって考《かんが》えただけで、私《わたし》もワクワクしてくる。

「さて、カメラテストするから、二人《ふたり》とも好《す》きなポーズをとってみて」

うわ、一番苦手《いちばんにがて》な時間《じかん》だよ。

登生《とうい》がいないけど、いいポーズができるかな……。

一気《いっき》に緊張《きんちょう》してくるけど、大切《たいせつ》なのは相手《あいて》に合《あ》わせること。前《まえ》の撮影《さつえい》で登生《とうい》から学《まな》んだことだ。

亜蓮《あれん》くんはどんなポーズをとるのかなって、チラッと見《み》ると、

「ねぇ、君《きみ》ってさー、まだモデルの経験浅《けいけんあさ》いんだよね？」

「……そうです、けど」

亜蓮《あれん》くんはイヤミっぽく、はぁっと短《みじか》いため息《いき》をついた。

うう、今日《きょう》も足《あし》を引《ひ》っぱっちゃうかも……。ごめんなさい。

心《こころ》の中《なか》で謝《あやま》ると、

「じゃ、ボクの言《い》うとおりにして」

「え？」

亜蓮《あれん》くんは私《わたし》の前《まえ》に立《た》つと、私《わたし》のコートの襟元《えりもと》をつかんできて、ぐいっと引《ひ》き下《さ》げた。

「!?」

いきなりコートを半分《はんぶん》脱《ぬ》がされて、びっくりした私《わたし》に、亜蓮《あれん》くんはクールに言《い》った。

「いちいち驚《おどろ》かないでよ。こうした方《ほう》が中《なか》の白《しろ》いスウェットも見《み》せれるし、コートのふわ

もこ感《かん》が出《で》るでしょ。ボクは肩《かた》にコートをかけるから、違《ちが》いを出《だ》そーと思《おも》って」

「違《ちが》いを出《だ》す……？」

一瞬《いっしゅん》のうちに、二人分《ふたりぶん》のポーズを考《かんが》えたの？

「あと、背中合《せなかあ》わせで立《た》ってみよー？　ちゃんとポシェットも見《み》せてよ」

「う、うん」

亜蓮《あれん》くん、すごい。

私《わたし》がやらなくちゃいけないこと、全部教《ぜんぶおし》えてくれる。

私《わたし》は亜蓮《あれん》くんと背中《せなか》を合《あ》わせて立《た》つと、ポシェットの位置《いち》を確《たし》かめてポーズをとる。

「目線《めせん》は、斜《なな》め下《した》で」

背中越《せなかご》しに聞《き》こえた声《こえ》に、私《わたし》はポシェットに目線《めせん》を落《お》とした。

「いいポーズだね。そのまま手《て》だけを動《うご》かしてみて」

私《わたし》は手《て》をポシェットにかけたり、コートにあてたりした。

手《て》のポーズを変《か》えるだけだから、いつもよりすごく楽《らく》だよ！

「OK《オーケー》！　このまま本番《ほんばん》いっちゃおうか」

坂田《さかた》さんはカメラテスト用《よう》の写真《しゃしん》を見《み》ると、すぐにGO《ゴー》サインを出《だ》した。

一発《いっぱつ》OK《オーケー》なんて、すごいよ！

私《わたし》たちは本番《ほんばん》も同《おな》じポーズをとって、一着目《いっちゃくめ》の撮影《さつえい》は驚《おどろ》くほど早《はや》く終《お》わった。

私《わたし》はうれしくなって、お茶《ちゃ》を飲《の》んでいる亜蓮《あれん》くんにかけよった。

「亜蓮《あれん》くん、ありがとう！　私《わたし》、ポーズとるのが苦手《にがて》で、いつもみんなの足《あし》を引《ひ》っぱってたから、本当《ほんとう》に助《たす》かったよ」

そんな私《わたし》に、亜蓮《あれん》くんは淡々《たんたん》と答《こた》えた。

「だろーね。君《きみ》に合《あ》わせてたら日《ひ》が暮《く》れそーだと思《おも》って。君《きみ》のためってより、先《さき》に答《こた》え教《おし》えたほうが、みんなに迷惑《めいわく》かかんないし、ボクも楽《らく》だしね。それだけ」

うーん、あいかわらず冷《つめ》たいけど、助《たす》かったことには変《か》わりないもんね。

「君《きみ》、ホントにモデル始《はじ》めて間《ま》もないんだね。さっき検索《けんさく》してみたけど何《なに》も出《で》てこなかった。なのにRipple《リップル》のポスターや、雑誌《ざっし》の特集《とくしゅう》にも出《で》たり、デカイ仕事《しごと》してるよねー？　一《いっ》体《たい》どこの事務所《じむしょ》なの？」

「私《わたし》、事務所《じむしょ》なんて入《はい》ってないけど……」

よくわからなくてそう答《こた》えると、亜蓮《あれん》くんは、ますます納得《なっとく》いかない顔《かお》をした。

「どーゆーこと？　事務所通《じむしょとお》さないで、なんでこんなデカイ仕事《しごと》やっちゃってるワケ？」

「なんでって……、登生《とうい》に誘《さそ》われるまま、流《なが》れでそうなったっていうか」

「はぁ？　流《なが》れでって、ふざけてるの？　ショコラって一体何者《いったいなにもの》？　そもそも本名《ほんみょう》なの？」

「えーっと、本名《ほんみょう》、かな」

次々《つぎつぎ》に聞《き》かれて、背中《せなか》に変《へん》な汗《あせ》が流《なが》れる。

それでも亜蓮《あれん》くんの質問《しつもん》ぜめは止《と》まらない。

「君《きみ》っていくつ？　高校生《こうこうせい》だよね？」

「それは……言《い》えないの。いろいろと事情《じじょう》があって」

「事情《じじょう》？」

亜蓮《あれん》くんはいぶかしげに私《わたし》を見《み》てくる。

「もしかして、ミステリアスなキャラ作《つく》ってるのー？」

「そんなつもりじゃ……」

ああ、もうどうすればいいの!?　はぐらかすのにも無理《むり》があるよ！

ちょうどその時《とき》、後《うし》ろから浜島《はましま》さんの声《こえ》がした。

「二人《ふたり》とも、次《つぎ》の服《ふく》に着替《きが》えてくれる？」

「はい！」

助《たす》かった！

私《わたし》はすぐに立《た》ち上《あ》がって、着替《きが》えに向《む》かう。

そうだ、着替《きが》えの時《とき》に、こっそりちぇるし〜に相談《そうだん》してみよう。

私《わたし》がコスメボックスを手《て》にとると、

「わー、そのコスメボックス、かわいー！　ちょっと見《み》せて？」

「えっ？」

亜蓮《あれん》くんが目《め》を輝《かがや》かせて手《て》をのばしてきたから、私《わたし》はあわててコスメボックスを抱《かか》えて守《まも》った。

「これは、大切《たいせつ》なものだから、ダメ！」

「大切《たいせつ》なもの？」

必死《ひっし》な私《わたし》の姿《すがた》が、かえって亜蓮《あれん》くんの気《き》を引《ひ》いちゃったみたい。

「ちょっと見《み》たかっただけなんだけど……。もしかして、見《み》られちゃまずいものでも入《はい》ってた？」

亜蓮《あれん》くんは意地悪《いじわる》そうに言《い》った。

「そんなことは、ないけど」

コスメボックスからちぇるし〜が出《で》てきたら……、って思《おも》ったけど、ちぇるし〜って私《わたし》以外《いがい》の人《ひと》には見《み》えないんだっけ。

よく考《かんが》えてみれば、中身《なかみ》は何《なに》も入《はい》ってないんだし、堂々《どうどう》としてればいいんだよね？

私《わたし》は覚悟《かくご》を決《き》めると、亜蓮《あれん》くんにコスメボックスを差《さ》し出《だ》した。

「……わかったよ。見《み》せてあげるけど、すぐに返《かえ》してね？」

「見《み》せてくれるんだ？　ありがとー」

亜蓮《あれん》くんはうれしそうにコスメボックスを手《て》に取《と》って、ぐるりとながめる。

その姿《すがた》を、私《わたし》はドキドキしながら見《み》ていた。

「模様《もよう》が浮《う》き彫《ぼ》りになってて、デザインが凝《こ》ってるねー。これ、どこで買《か》ったの？　限定《げんてい》モノ？」

「もらいものだから、どこで買《か》ったかは知《し》らないんだ」

「ふーん。どんなコスメ使《つか》ってるのか、見《み》せてよ」

言《い》いながら、ぱかっとふたを開《あ》けると、意外《いがい》そうな声《こえ》を出《だ》した。

「あれっ、何《なに》も入《はい》ってないの？」

私《わたし》はそれ以上《いじょう》聞《き》かれないうちに、さっと亜蓮《あれん》くんからコスメボックスを取《と》った。

「もういいよね？　ほら、早《はや》く着替《きが》えなくちゃいけないし」

「えー、もうちょっと見《み》たかったのにー」

すると、浜島《はましま》さんがあわててこっちに向《む》かってきた。

「亜蓮《あれん》くん、はじめに写《うつ》したコーデ、靴《くつ》をまちがえてたみたい。申《もう》し訳《わけ》ないけど、今《いま》から撮《と》り直《なお》すから、またこのシャツに着替《きが》えてもらえる？　ズボンはそのままでいいから。ごめんなさいね」

亜蓮《あれん》くんは嫌《いや》な顔《かお》ひとつせずに、浜島《はましま》さんからシャツを受《う》け取《と》った。

「りょーかい。シャツと靴《くつ》だけなら、すぐに替《か》えるよ」

そう言《い》って、いきなり着《き》ていたカットソーを脱《ぬ》ぎだしたから、上半身《じょうはんしん》が裸《はだか》になる。

「えっ、えっ⁉」

あわてて顔《かお》を背《そむ》けると、亜蓮《あれん》くんは笑《わら》って言《い》った。

「なに恥《は》ずかしがってんのー？　水着《みずぎ》だって上《うえ》は裸《はだか》でしょ」

「あ、そういえば」

そーっと視線《しせん》を戻《もど》すと、もうシャツに袖《そで》を通《とお》している。

さっきから亜蓮《あれん》くんのやることにドキドキ、ヒヤヒヤさせられっぱなしだよ。

ひとりで赤《あか》くなっていると、一星《いっせい》さんがやってきた。

「亜蓮《あれん》くん、スタッフのミスで撮《と》り直《なお》しになってしまい、申《もう》し訳《わけ》ありません」

「一星《いっせい》さん、気《き》にしなくていーよ。これくらいすぐ撮《と》り直《なお》せるから」

シャツのボタンをはめている亜蓮《あれん》くんに、一星《いっせい》さんは静《しず》かに切《き》り出《だ》した。

「撮《と》り直《なお》すついでに――亜蓮《あれん》くん、次《つぎ》はもっと君《きみ》らしく、写《うつ》ってみませんか」

亜蓮《あれん》くんが、はっとして一星《いっせい》さんを見《み》た。

「僕《ぼく》には、亜蓮《あれん》くんがセーブしているように見《み》えましたから。亜蓮《あれん》くんの好《す》きなようにやってもらって、構《かま》いませんよ」

亜蓮《あれん》くんは、にっと笑《わら》って言《い》った。

「ホントにいいの？　ボクが好《す》きなようにやったら、Ripple《リップル》のイメージが崩《くず》れるかもよー？」

「そんなことは気《き》にしなくていいんですよ。僕《ぼく》は、亜蓮《あれん》くんの本気《ほんき》が見《み》たいんです」

一星《いっせい》さんは美《うつく》しい顔《かお》に、意味深《いみしん》な笑《え》みをうかべた。

「へぇ、さすがは元《もと》カリスマモデルだね。読《どく》モ相手《あいて》に、器《うつわ》が大《おお》きいな。じゃ、遠慮《えんりょ》なくやっちゃうよー？」

着替《きが》え終《お》わった亜蓮《あれん》くんは、楽《たの》しそうにカメラの前《まえ》へ行《い》った。

「じゃあ、さっきと同《おな》じように、白《しろ》い階段《かいだん》のところに座《すわ》って」

亜蓮《あれん》くんは白《しろ》い階段《かいだん》に腰《こし》を下《お》ろすと、坂田《さかた》さんがカメラを構《かま》えた。

その瞬間《しゅんかん》、モデルの表情《ひょうじょう》に切《き》りかわる。

これが、本気《ほんき》の亜蓮《あれん》くんなの……？

さっきまでの、ポップで明《あか》るいイメージとは全然《ぜんぜん》ちがう。

サラサラの金髪《きんぱつ》をかきあげて、グレーの瞳《ひとみ》で射《い》るようにカメラを見《み》つめる。

「うん、その調子《ちょうし》で」

シャッターが切《き》られるたびに、少《すこ》しずつ顔《かお》の角度《かくど》を変《か》えていく。

目線《めせん》がこっちに向《む》けられて、ドキっとした。

亜蓮《あれん》くんは座《すわ》ったまま後《うし》ろに手《て》をついて、ぐっとアゴを上《あ》げて空《そら》を仰《あお》いだ。

細《ほそ》くてきれいな首筋《くびすじ》や、開《ひら》いたシャツからのぞく胸元《むなもと》に、見《み》てる方《ほう》がドキドキしちゃうよ。

「亜蓮《あれん》くん、いいね」

坂田《さかた》さんも満足《まんぞく》そうにシャッターを切《き》る。

「本当《ほんとう》にキレイ……」

思《おも》わず口《くち》にすると、浜島《はましま》さんが横《よこ》でうなずいた。

「亜蓮《あれん》くんには、中性的《ちゅうせいてき》な美《うつく》しさと色気《いろけ》があるわよね。大理石《だいりせき》の彫刻《ちょうこく》を見《み》ているような、ため息《いき》の出《で》る美《うつく》しさなの」

大理石《だいりせき》の彫刻《ちょうこく》……、その表現《ひょうげん》があまりにもぴったりで、うなずいてしまった。

「OK《オーケー》！　いい写真《しゃしん》が撮《と》れたよ。この色気《いろけ》、亜蓮《あれん》くんならではだね」

坂田《さかた》さんの言葉《ことば》で、亜蓮《あれん》くんは、いつもの皮肉《ひにく》っぽい表情《ひょうじょう》に戻《もど》った。

「こんな写真《しゃしん》、Ripple《リップル》のカタログに使《つか》ってい－の？」

「一星《いっせい》くんがいいって言《い》ってるんだから、いいんじゃないか？　なぁ亜蓮《あれん》くん、写真集出《しゃしんしゅうだ》さない？　俺《おれ》が撮《と》ってあげるからさ」

「あはは、坂田《さかた》さんに撮《と》ってもらえたら、い－よね」

亜蓮《あれん》くんはスタッフさんと話《はな》しながら着替《きが》えに行《い》ってしまったけど、さっきの美《うつく》しい亜《あ》蓮《れん》くんの姿《すがた》は、いつまでも私《わたし》の心《こころ》に残《のこ》っていた。

4 思《おも》いがけないプレゼント

そのあと私《わたし》たちは、コーデを変《か》えながらいくつものカットを撮《と》った。

亜蓮《あれん》くんが一《ひと》つ一《ひと》つのポーズにアドバイスをくれたから、今回《こんかい》の撮影《さつえい》は、びっくりするほどスムーズに終《お》わった。

言《い》い方《かた》はそっけないけど、亜蓮《あれん》くんは撮影《さつえい》しているあいだ、ずっと私《わたし》のことを気《き》にかけてくれていたし、浜島《はましま》さんにもどんどんコーデの提案《ていあん》をしていて、スタッフのみんなからも一目置《いちもくお》かれているみたいだった。

たった数時間《すうじかん》、いっしょに撮影《さつえい》しただけなのに、亜蓮《あれん》くんってホントにすごいんだなって思《おも》ったよ。

撮影《さつえい》が終《お》わると、私《わたし》たちはレストランでご飯《はん》を食《た》べた。

レストランでは、海《うみ》をイメージした雑貨《ざっか》や手作《てづく》りのアクセサリーを売《う》っていて、私《わたし》もスタッフさんたちに交《ま》じって、のぞいてみた。

あんまりお金《かね》がないから買《か》えないけど、見《み》てるだけでもワクワクしてくる。

「これ、かわいー」

いつの間《ま》にかやってきた亜蓮《あれん》くんが、イヤリングを手《て》に取《と》ると、

「ねー、ターコイズと黄色《きいろ》い方《ほう》、どっちがボクに合《あ》うと思《おも》う？」

ちがう色《いろ》のイヤリングを、それぞれの耳《みみ》にあてながら聞《き》いてきた。

どっちもキレイな石《いし》が入《はい》っていて、迷《まよ》っちゃうな。

「うーん、ターコイズだっけ？　水色《みずいろ》の方《ほう》が亜蓮《あれん》くんに合《あ》う気《き》がする」

「だよねー？　やっぱり、こっちにしよーっと」

そう言《い》って、うれしそうにターコイズのイヤリングをレジに持《も》っていった。

なんか、女《おんな》の子同士《こどうし》でショッピングしてるみたい。亜蓮《あれん》くんはかわいいものが好《す》きだし、いっしょに盛《も》り上《あ》がれちゃうよね。

それから私《わたし》たちは、次《つぎ》の撮影場所《さつえいばしょ》へ移動《いどう》するために、店《みせ》を出《で》た。

亜蓮《あれん》くんと並《なら》んで歩《ある》いていると、前《まえ》から歩《ある》いてきた男子高校生《だんしこうこうせい》の二人組《ふたりぐみ》が、私《わたし》たちを見《み》て、あっと声《こえ》をあげた。

「あれ、千堂《せんどう》じゃん？」

亜蓮《あれん》くんの知《し》り合《あ》いかな？

この制服《せいふく》って、たしか神奈川《かながわ》で有名《ゆうめい》な名門高校《めいもんこうこう》のものだよね。

「へぇ、こんなところで読《どく》モさま、発見《はっけん》！」

なんか、感《かん》じ悪《わる》い……？

隣《となり》の亜蓮《あれん》くんは、彼《かれ》らをチラッと見《み》ただけで、すぐにスマホに目線《めせん》を戻《もど》して通《とお》りすぎようとした。

「えー、クラスメイト無視《むし》するって、ありえなくない？」

亜蓮《あれん》くんは、面倒《めんどう》くさそうにスマホの画面《がめん》から視線《しせん》をうつすと、冷《ひ》ややかに返《かえ》した。

「クラスメイト……だっけ？」

彼《かれ》らは本気《ほんき》で怒《おこ》りだした。

「おい、マジで言《い》ってんのかよ？　同《おな》じクラスの山本《やまもと》と新田《にった》だよ！　なに？　有名人《ゆうめいじん》は一《いっ》般人《ぱんじん》なんて興味《きょうみ》ないとか言《い》っちゃう？」

「ひでーよなぁ。読《どく》モってそんなにエライの？　つーか、なんでこんな女《おんな》みたいなかっこしたヤツが人気《にんき》あるわけ？」

その言葉《ことば》に、思《おも》わず私《わたし》はカチンときた。

けど、亜蓮《あれん》くんは全《まった》く動《どう》じる様子《ようす》もなく、スマホをいじりながら無視《むし》して歩《ある》きだす。

「うわ、よく見《み》たら化粧《けしょう》してるし。マジやばくね？」

笑《わら》い出《だ》した二人《ふたり》に、私《わたし》の方《ほう》がガマンの限界《げんかい》だった。

私《わたし》は二人《ふたり》の前《まえ》に出《で》ると、正面《しょうめん》から言《い》い放《はな》った。

「やめてください！　亜蓮《あれん》くんは本当《ほんとう》にすごいモデルなんだから！　何《なに》も知《し》らないでそんなこと言《い》わないで！」

二人《ふたり》は驚《おどろ》いて私《わたし》を見《み》てたけど、やがて、にっと意地悪《いじわる》そうな笑《え》みを向《む》けてきた。

「あれ？　もしかして千堂《せんどう》の彼女《かのじょ》？」

「っていうか、めっちゃかわいいじゃん？　ねー、千堂《せんどう》なんてやめて、俺《おれ》と付《つ》き合《あ》わない？」

そう言《い》って、一人《ひとり》が私《わたし》の手首《てくび》をつかんできた。

「ちょっと、何《なに》するんですか？」

私《わたし》の声《こえ》に、亜蓮《あれん》くんがはっとして顔《かお》を上《あ》げた。

「女《おんな》みたいなかっこしてるくせに、こんなにかわいい彼女《かのじょ》までいるなんて、納得《なっとく》いかないよな」

私《わたし》の手首《てくび》をつかんでいた男《おとこ》が、ぐっと私《わたし》を引《ひ》き寄《よ》せた。

それを見《み》て、亜蓮《あれん》くんが口《くち》を開《ひら》いた。

「……その子《こ》を離《はな》してよ」

「あ、やっぱり彼女《かのじょ》なんだ？」

「ちがうけど。その子《こ》は関係《かんけい》ない」

「えー、どうしようかなー」

男《おとこ》はニヤニヤと笑《わら》いながら、強《つよ》い力《ちから》で私《わたし》の手首《てくび》を見《み》せつけるように高《たか》くあげた。

その姿《すがた》に、亜蓮《あれん》くんは顔《かお》をゆがめる。

どうしよう、こうなったら空手技《からてわざ》で切《き》り抜《ぬ》けようか、そう思《おも》った時《とき》だった。

亜蓮《あれん》くんがスマホの画面《がめん》をこっちに向《む》けると、音声《おんせい》が流《なが》れ始《はじ》めた。

『おい、マジで言《い》ってんのかよ？　同《おな》じクラスの山本《やまもと》と新田《にった》だよ！　なに？　有名人《ゆうめいじん》は一《いっ》般人《ぱんじん》なんて興味《きょうみ》ないとか言《い》っちゃう？』

『ひでーよなぁ。読《どく》モってそんなにエライの？　つーか、なんでこんな女《おんな》みたいなかっこしたヤツが人気《にんき》あるわけ？』

それは、さっき彼《かれ》らが亜蓮《あれん》くんに言《い》ったセリフだった。

「なんだよ、これ……」

「もしかしてさっきの会話《かいわ》、録音《ろくおん》してたのか？」

「自分《じぶん》から名前《なまえ》言《い》っちゃって、バカだよね。……ねぇ、ボクのツイッターのフォロワー数《すう》、知《し》ってる？」

「は？」

「もうすぐ二十万《にじゅうまん》ってところなんだけど。これ、ツイッターにアップしたら、一瞬《いっしゅん》で広《ひろ》まるよ？　ちなみにフォロワーには、うちの学校《がっこう》の子《こ》もたくさんいるから」

「！」

その言葉《ことば》に、彼《かれ》らは息《いき》をのんだ。

「早《はや》くその子《こ》を離《はな》してよ」

亜蓮《あれん》くんの強《つよ》い口調《くちょう》に、男《おとこ》は私《わたし》をつかんでいた手《て》をぱっと離《はな》すと、

「もう行《い》こうぜ」

と、きまり悪《わる》そうに去《さ》っていった。

亜蓮《あれん》くんは、ふーっと息《いき》をついてスマホをポケットに入《い》れると、何《なに》も言《い》わずに、また歩《ある》きだした。

あれ……、今《いま》のって、私《わたし》を助《たす》けてくれたんだよね？

私《わたし》はあわてて、亜蓮《あれん》くんを追《お》いかけた。

「あの、助《たす》けてくれてありがとう！　ごめんね、私《わたし》がよけいなこと言《い》っちゃったから」

亜蓮《あれん》くんは足《あし》を止《と》めて、じっと私《わたし》を見《み》つめた。

「助《たす》けたっていうか、ボクのことで君《きみ》に何《なに》かあったら、後味悪《あとあじわる》いでしょー。……って、そもそもボクが悪口《わるくち》言《い》われたのに、なんで君《きみ》が怒《おこ》ってんの？」

「なんでって、さっき言《い》ったとおり、亜蓮《あれん》くんは本当《ほんとう》に素敵《すてき》なモデルなのに、何《なに》も知《し》らな

いであんなふうに言《い》うのが許《ゆる》せなくて……」

するとヽ亜蓮《あれん》くんはあきれたように、ため息《いき》をついた。

「たいそうなお人好《ひとよ》しだね。言《い》いたい奴《やつ》には言《い》わせておけばいーんだよ。キモいとか言《い》われるのも慣《な》れてるし。けどボクはファッションを変《か》えるつもりはないから」

クラスメイトに悪口《わるくち》を言《い》われても、全《まった》くぶれない亜蓮《あれん》くんに、私《わたし》は気《き》になってたことを聞《き》いてみた。

「……亜蓮《あれん》くんは、いつからそういうファッションをしてたの？」

「んー、原宿《はらじゅく》に通《かよ》い始《はじ》めた三年前《さんねんまえ》から？　ボク、原宿《はらじゅく》が好《す》きなんだ。どんなに派手《はで》で個性《こせい》的《てき》なファッションも受《う》け入《い》れてくれるでしょ。たまたま店員《てんいん》さんが勧《すす》めてくれたジェンダーレスファッションを着《き》てみたら、みんなが驚《おどろ》くほど自分《じぶん》に似合《にあ》ってて、その時《とき》、ボクの輝《かがや》ける場所《ばしょ》はここなんだって気《き》づいた」

「亜蓮《あれん》くんの、輝《かがや》ける場所《ばしょ》……」

「白《しろ》くて小《ちい》さい自分《じぶん》が嫌《きら》いだったけど、この世界《せかい》ではそれが武器《ぶき》になるんだから、わからないものだよねー？　それから自分《じぶん》のファッションを突《つ》きつめてくうちに、いつの間《ま》にか読《どく》モになってた。なぜかこんなボクを応援《おうえん》してくれる人《ひと》もたくさんいるしね。このファッションは、ボクがボクであるための存在意義《そんざいいぎ》だから……って、柄《がら》にもなく、語《かた》っちゃったし！」

亜蓮《あれん》くんは、急《きゅう》に言葉《ことば》を切《き》って、ふいっとあっちを向《む》いてしまった。

もしかして、ちょっと照《て》れてるのかな？

けど、亜蓮《あれん》くんが、そんなことを思《おも》いながらモデルの仕事《しごと》をやってたなんて、意外《いがい》だった。

自分《じぶん》の嫌《きら》いな部分《ぶぶん》を受《う》け入《い》れて、誰《だれ》にもマネできない個性《こせい》にしちゃったんだ。

そして今《いま》でも、自分《じぶん》らしいファッションやヘアメイクを追《お》い求《もと》めてるって、すごいな。

「だから、いちいち言《い》い返《かえ》してもしょーがないから。今《いま》はSNS《エスエヌエス》ですぐに拡散《かくさん》されるし、モメごと起《お》こして、面倒《めんどう》なことに巻《ま》きこまれたくないんだよねー」

その言葉《ことば》に、はっとなる。

「あ……、私《わたし》、さっきはよけいなこと言《い》っちゃって、ごめんなさい」

あの時《とき》、もし私《わたし》が彼《かれ》らに手《て》を出《だ》して、ケガなんてさせたら、きっと亜蓮《あれん》くんが悪《わる》く言《い》われたはず。

深《ふか》く考《かんが》えずに言《い》い返《かえ》したりして、私《わたし》、何《なに》もわかってなかった。

今《いま》さら後悔《こうかい》してると、亜蓮《あれん》くんがぽつっとつぶやいた。

「君《きみ》ってさー、撮影《さつえい》の時《とき》はおどおどしてるのに、けっこう強気《つよき》に言《い》い返《かえ》すんだね？　意外《いがい》だった」

「え？」

驚《おどろ》いて顔《かお》を上《あ》げると、亜蓮《あれん》くんが、ふっと表情《ひょうじょう》をやわらげて笑《わら》った。

「けど、悪《わる》くないね」

亜蓮《あれん》くんって、こんなに優《やさ》しく笑《わら》ったりするんだ。

初《はじ》めて見《み》た笑顔《えがお》に、驚《おどろ》きながらも、ちょっとだけうれしくなる。

すると、亜蓮《あれん》くんはポケットを探《さぐ》って、さっきお店《みせ》で買《か》ったターコイズのイヤリングを出《だ》すと、そっと私《わたし》の耳《みみ》につけ始《はじ》めた。

「これって……」

イヤリングをつける亜蓮《あれん》くんの指《ゆび》が耳《みみ》に触《ふ》れて、ドキドキする。

「君《きみ》にあげるよ。……ボクのことかばってくれた、お礼《れい》」

近《ちか》い距離《きょり》にあるグレーの瞳《ひとみ》から、目《め》が離《はな》せない。

「お礼《れい》なんて」

本当《ほんとう》に、もらっちゃっていいのかな？

「どーしてかな。ボク、あんまり他人《たにん》に自分《じぶん》のこと話《はな》さないんだけど。君《きみ》って、やっぱり不思議《ふしぎ》な人《ひと》だね」

亜蓮《あれん》くんはいたずらっぽく笑《わら》って、私《わたし》の耳《みみ》に触《ふ》れた。

その感触《かんしょく》に、胸《むね》の鼓動《こどう》は、さらに速《はや》くなっていく。

「ますます興味《きょうみ》が出《で》てきたかも。正体《しょうたい》も明《あ》かさずに、大《おお》きな秘密《ひみつ》を持《も》ってそうなところとか？」

「！」

亜蓮《あれん》くんは、どこまで気《き》づいてるの？

おそるおそる見《み》つめると、亜蓮《あれん》くんはふっと笑《わら》って手《て》を離《はな》した。

「ま、いーや。秘密《ひみつ》はすぐにわかっちゃったら、おもしろくないしー？」

そう言《い》って、また一人《ひとり》で歩《ある》き始《はじ》めた。
私《わたし》はしばらくしてから、亜蓮《あれん》くんの後《うし》ろについて歩《ある》きだす。
まだ胸《むね》がドキドキしてる。
けど、それがどんな種類《しゅるい》のドキドキなのかは、自分《じぶん》でもよくわからなかった。

5 登生《とうい》VS《ブイエス》亜蓮《あれん》!?

そして、私《わたし》たちは次《つぎ》の撮影現場《さつえいげんば》のホテルにやってきた。

これから登生《とうい》と亜蓮《あれん》くんが、ホテルの浜辺《はまべ》で撮影《さつえい》をするらしいんだけど、そのホテルが豪華《ごうか》すぎてびっくりした。

緑《みどり》の多《おお》い広《ひろ》い敷地《しきち》に、真《ま》っ白《しろ》で大《おお》きな建物《たてもの》がどーんと建《た》っている。

少《すこ》し歩《ある》いたところには、大《おお》きなプールやテニスコートもあるんだって！

奥《おく》にあるチャペルでは結婚式《けっこんしき》ができるらしくて、ロビーに写真《しゃしん》が飾《かざ》ってあった。

こんな素敵《すてき》なところに泊《と》まるの、初《はじ》めてだよ！

私《わたし》はホテルに大《おお》きな荷物《にもつ》を預《あず》けてから、浜辺《はまべ》に出《で》た。

もう私《わたし》の出番《でばん》は終《お》わったから、好《す》きに過《す》ごしていいって言《い》われたけど、登生《とうい》に会《あ》いたくて、撮影《さつえい》を見学《けんがく》することにしたんだ。

でも、登生《とうい》は朝《あさ》から入《はい》ってたメンズ雑誌《ざっし》の撮影《さつえい》が長引《ながび》いて、来《く》るのが遅《おそ》くなるみたい。

時計《とけい》を見《み》ると、もう三時半《さんじはん》を過《す》ぎている。

ママには、五時《ごじ》にホテルに行《い》くって言《い》ってあるから、あと一時間半《いちじかんはん》でここあに戻《もど》らなくちゃいけない。

登生《とうい》はいつくるのかな……。

けど、仕事《しごと》なんだからしょうがないよね。

一日中撮影《いちにちじゅうさつえい》してる登生《とうい》が、一番大変《いちばんたいへん》なんだから。

そう自分《じぶん》に言《い》い聞《き》かせても、やっぱりせつなくなって、はあっとため息《いき》をついてしまった。

すると、横《よこ》にお茶《ちゃ》の入《はい》った紙《かみ》コップがコトンと置《お》かれた。

「飲《の》めば？」

顔《かお》を上《あ》げると、亜蓮《あれん》くんも同《おな》じコップを持《も》っている。

「ありがとう」

亜蓮《あれん》くんはイスを引《ひ》いて、私《わたし》の隣《となり》に座《すわ》った。

「一体《いったい》、いつまで待《ま》つのかなー。登生《とうい》くんはいーよね。二時間近《にじかんちか》く遅刻《ちこく》しても、誰《だれ》ひとり文句言《もんくい》わない。社長《しゃちょう》の息子《むすこ》は何《なに》やっても怒《おこ》られなくて、うらやましー」

皮肉《ひにく》たっぷりの言葉《ことば》に、お茶《ちゃ》を飲《の》む手《て》が止《と》まる。

「でも、登生《とうい》は仕事《しごと》で遅《おそ》くなってるんだし……」

思《おも》わず登生《とうい》をかばうと、

「甘《あま》いねー。ボクや君《きみ》みたいな読《どく》モが撮影《さつえい》に一時間《いちじかん》も遅刻《ちこく》したら、次《つぎ》からもう仕事《しごと》なんて来《こ》ないよ。たとえ理由《りゆう》が仕事《しごと》だとしてもね」

「あ……」

「読《どく》モなんて使《つか》い捨《す》てだし、替《か》えなんていくらでもいる。こっちは生《い》き残《のこ》るために人並《ひとな》み以上《いじょう》に努力《どりょく》して、必死《ひっし》にがんばってるのにさー。当然《とうぜん》みたいな顔《かお》して大遅刻《だいちこく》されると、腹《はら》が立《た》つよねー」

私《わたし》は、なんて答《こた》えていいのかわからなくて、黙《だま》ってしまった。

「登生《とうい》くんってさー、イケメンだしオーラはあるけど、社長《しゃちょう》の息子《むすこ》じゃなかったら、ここまで人気《にんき》あるのかなーって感《かん》じ。それに比《くら》べて一星《いっせい》さんは本物《ほんもの》だよ。強烈《きょうれつ》な存在感《そんざいかん》とセンスを武器《ぶき》に、実力《じつりょく》だけでカリスマモデルになって、Ripple《リップル》を人気《にんき》ブランドにしたんだからさ」

亜蓮《あれん》くんは、スタッフさんと話《はな》している一星《いっせい》さんに、尊敬《そんけい》のまなざしを向《む》けた。

たしかに、一星《いっせい》さんはすごいと思《おも》う。

けど、登生《とうい》だって負《ま》けてないはずだよ！

「でも私《わたし》はね、社長《しゃちょう》の息子《むすこ》とか抜《ぬ》きにして、登生《とうい》のこと、モデルとして尊敬《そんけい》してるよ。登《とう》生《い》の直感《ちょっかん》はすごくて、そのおかげでいつもいい写真《しゃしん》ができあがってる。登生《とうい》はいつだってキラキラ輝《かがや》いてて、いっしょに写《うつ》る私《わたし》までワクワクしたり、楽《たの》しい気持《きも》ちになれるんだ」

登生《とうい》のことを話《はな》してると、自然《しぜん》と笑顔《えがお》になって、胸《むね》のあたりがあたたかくなる。

「ふーん……。君《きみ》、登生《とうい》くんのことが好《す》きなんだ？」

「えっ？　好《す》きだなんて！」

かあっと顔《かお》が赤《あか》くなったのが、自分《じぶん》でもわかる。

まずい、絶対《ぜったい》に気《き》づかれたよね？

何《なに》言《い》われるんだろうって、ドキドキしてたけど、亜蓮《あれん》くんは黙《だま》ってスマホをいじりだした。

あれ？　からかってこない？

肩《かた》すかしをくらって、私《わたし》はひとりで冷《つめ》たいお茶《ちゃ》を飲《の》んでいると、

「外《そと》にいると焼《や》けるし、ロケバスに行《い》ってよーかな」

そう言《い》って、亜蓮《あれん》くんは行《い》ってしまった。

ホント、亜蓮《あれん》くんって、よくわからないよ……。

現場《げんば》にいてもやることがなくて、私《わたし》は広《ひろ》いホテルをぶらぶら歩《ある》いていた。
お花《はな》がいっぱいの庭園《ていえん》をぬけて、緑《みどり》に囲《かこ》まれた小道《こみち》を歩《ある》いていると、目《め》の前《まえ》に真《ま》っ白《しろ》なチャペルが見《み》えてきた。
木製《もくせい》の大《おお》きな扉《とびら》の前《まえ》には、スーツや華《はな》やかな服《ふく》を着《き》た人《ひと》たちが集《あつ》まって、にぎわっている。

「結婚式《けっこんしき》かな？」

やがて、みんなは道《みち》を空《あ》けるように向《む》かい合《あ》って並《なら》び始《はじ》めた。

すると、チャペルの鐘《かね》が、カーン、カーンと鳴《な》りだした。

それを合図《あいず》に、ホテルのスタッフがチャペルの扉《とびら》を一気《いっき》に開《あ》けると、主役《しゅやく》の二人《ふたり》が出《で》てきた。

「わぁ……!!」

真《ま》っ白《しろ》なウエディングドレスを着《き》たお嫁《よめ》さんが、手《て》を引《ひ》かれながら石畳《いしだたみ》の階段《かいだん》を下《お》りてくる。

本物《ほんもの》の結婚式《けっこんしき》が見《み》られるなんて、ラッキー！

「おめでとう!!」

「お幸《しあわ》せに！」

並《なら》んだ参列者《さんれつしゃ》の人《ひと》たちが、次々《つぎつぎ》とお祝《いわ》いの言葉《ことば》をかけ、花《はな》びらを二人《ふたり》に向《む》かって投《な》げていく。

花《はな》びらを浴《あ》びながら、花嫁《はなよめ》さんは本当《ほんとう》に幸《しあわ》せそうな笑顔《えがお》をうかべていた。

いいなぁ……！

やっぱり真《ま》っ白《しろ》なウエディングドレスは、女《おんな》の子《こ》の憧《あこが》れだよね！

お嫁《よめ》さんの隣《となり》には、白《しろ》いタキシード姿《すがた》のお婿《むこ》さんがいる。

それを見《み》たら、つい、白《しろ》いタキシードを着《き》た登生《とうい》を想像《そうぞう》しちゃった。

登生《とうい》が着《き》たら、すごくかっこいいだろうな……！

なんて、気《き》が早《はや》すぎるかな⁉

一人《ひとり》でドキドキして、赤《あか》くなる。

けど、いつか私《わたし》がウエディングドレスを着《き》るとき、隣《となり》に登生《とうい》がいてくれたらいいのにな。

そんなことを思《おも》いながら、いつまでも幸《しあわ》せそうな二人《ふたり》を見《み》ていた。


幸《しあわ》せな気持《きも》ちをもらって撮影現場《さつえいげんば》へと戻《もど》ると、スタッフさんの大《おお》きな声《こえ》が聞《き》こえてきた。

「登生《とうい》くん、着《つ》きましたー！　みなさん準備《じゅんび》をお願《ねが》いします！」

声《こえ》のする方《ほう》を見《み》ると、登生《とうい》がホテルから浜辺《はまべ》に続《つづ》く階段《かいだん》をかけ下《お》りてくる。

「登生《とうい》……！」

姿《すがた》を見《み》ただけで、ドキンと胸《むね》が高鳴《たかな》った。

派手《はで》なプリントの黒《くろ》いT《ティー》シャツに黒《くろ》っぽいジーンズをはいた登生《とうい》は、久《ひさ》しぶりに見《み》るけど、やっぱりかっこいいよ！

「登生《とうい》くん、お疲《つか》れ様《さま》！　あっちの撮影《さつえい》、長引《ながび》いてたね？」

「みんな遅《おそ》くなってゴメン！　雨降《あめふ》らなくてよかったな！」

たちまち登生《とうい》はスタッフに囲《かこ》まれて、わいわいと盛《も》り上《あ》がる。

早《はや》く会《あ》いたい気持《きも》ちを抑《おさ》えきれなくて、私《わたし》も登生《とうい》のところまで走《はし》っていく。

すると、登生《とうい》が私《わたし》に気《き》づいて、

「ショコラ！」

ぱっと笑顔《えがお》になって、私《わたし》のもとへ来《き》てくれた。

登生《とうい》は私《わたし》の手《て》をとって、みんなから離《はな》れると、うれしそうに口《くち》を開《ひら》いた。

「ここまで来《き》てくれてありがとな！　ショコラはもう撮影終《さつえいお》わったのか？」

「うん。お昼《ひる》には終《お》わったよ。登生《とうい》こそ、一日中撮影《いちにちじゅうさつえい》で大変《たいへん》だね？」

「いや、俺《おれ》、モデルの仕事好《しごとす》きだし、別《べつ》に大変《たいへん》とか思《おも》わねーんだ。しかも、今日《きょう》はショコ

ラに会《あ》えるから、それ思《おも》ってがんばれた」

「えっ！」

ストレートな登生《とうい》の言葉《ことば》に、私《わたし》の方《ほう》が赤《あか》くなってしまった。

「ずっと……、会《あ》いたかった」

登生《とうい》にまっすぐに見《み》つめられて、胸《むね》が甘《あま》くしめつけられる。

「私《わたし》も、会《あ》いたかったよ」

一ヶ月《いっかげつ》も会《あ》えなくて寂《さび》しかったけど、こうして見《み》つめられると、そんなこと全部忘《ぜんぶわす》れちゃうよ。

登生《とうい》は私《わたし》の髪《かみ》に触《ふ》れると、やさしくすいて、そっと耳《みみ》にかけてくれる。

優《やさ》しい手《て》の感触《かんしょく》に、胸《むね》がときめく。

すると、登生《とうい》は私《わたし》の耳元《みみもと》を見《み》てつぶやいた。

「このイヤリング、かわいいな。よく似合《にあ》ってる」

「あ……」

そういえば、亜蓮《あれん》くんにつけてもらったんだっけ。

ちょっと後《うし》ろめたい気持《きも》ちになって、ぱっと登生《とうい》から目《め》をそらす。

その時《とき》、向《む》こうからスタッフさんの声《こえ》が聞《き》こえた。

「登生《とうい》くん、着替《きが》えとヘアメイクをよろしくね！」

「あ、わかった。すぐに行《い》くよ」

もう、行《い》っちゃうんだ。

せっかく会《あ》えたのに、二人《ふたり》の時間《じかん》はあっという間《ま》に終《お》わってしまう。

「じゃ、俺行《おれい》ってくる」

「うん。がんばって」

精一杯《せいいっぱい》の笑顔《えがお》で言《い》ってみたけど、やっぱりせつなくなって、シュンとなった。

すると登生《とうい》は、私《わたし》の頭《あたま》にぽんと手《て》をのせて言《い》った。

「そんなにがっかりした顔《かお》すんなって」

顔《かお》を上《あ》げると、登生《とうい》は私《わたし》の耳元《みみもと》に顔《かお》を寄《よ》せて、ささやいた。

「今日《きょう》の夜《よる》も、明日《あした》も一緒《いっしょ》なんだから。後《あと》でゆっくり会《あ》おうな」

登生《とうい》の言葉《ことば》に、心臓《しんぞう》がドキンと大《おお》きく跳《は》ねた。

そっか。明日《あした》まで、ずっと登生《とうい》といられるんだもんね。

「また後《あと》でな」

赤《あか》くなった私《わたし》に、登生《とうい》はいたずらっぽく笑《わら》ってから、着替《きが》えへと向《む》かっていった。

うれしくて、つい顔《かお》がニヤニヤしちゃうのを抑《おさ》えながら、荷物《にもつ》のある休憩《きゅうけい》スペースに戻《もど》ると、亜蓮《あれん》くんが戻《もど》っていた。

「やっぱり、二人《ふたり》ってそーゆーことだったんだ」

「え？」

ひとりごとのようにつぶやいた言葉《ことば》に、ドキッとする。

もしかして、登生《とうい》と話《はな》してるところ、見《み》られたのかな。

亜蓮《あれん》くんは、探《さぐ》るように私《わたし》の反応《はんのう》を見《み》てる。

「ねー、ショコラってさ、登生《とうい》くんにも、自分《じぶん》のこと秘密《ひみつ》にしてるの？」

「！」

鋭《するど》い質問《しつもん》に、思《おも》わず手《て》が止《と》まった。

「それは……」

私《わたし》は何《なに》も言《い》えなくなって、うつむいてしまう。

「へーえ。じゃ、そこまで差《さ》はないってことかぁ」

「差《さ》って……？」

よくわからない言葉《ことば》を残《のこ》して、亜蓮《あれん》くんはまたスマホをいじりだした。

私《わたし》は短《みじか》いため息《いき》をつくと、カバンからスマホを出《だ》して、時間《じかん》を見《み》た。

やばい！　もう五時《ごじ》を過《す》ぎてる⁉

しかもママから何件《なんけん》もメッセージが入《はい》ってるし、早《はや》くここあに戻《もど》らないと！

あわててママに返信《へんしん》してから、荷物《にもつ》をまとめて、コスメボックスを手《て》に取《と》った。

そんな私《わたし》を、亜蓮《あれん》くんは不思議《ふしぎ》そうに見《み》てくる。

「あれ？　帰《かえ》るの？」

「あ、少《すこ》し具合《ぐあい》が悪《わる》くて、ホテルで休《やす》もうかなって」

「ふーん。もう君《きみ》は撮影《さつえい》ないんだし、ゆっくりしてたら？　……それにしても、そのコスメボックス、本当《ほんとう》にいつも大事《だいじ》そうに持《も》ってるよね。中身《なかみ》は入《はい》ってないのに、不思議《ふしぎ》――」

「！」

亜蓮《あれん》くんって、ホントに細《こま》かいところまで、見《み》てるよね？

けど、これ以上《いじょう》亜蓮《あれん》くんに構《かま》っていられないから！

私《わたし》はコスメボックスをギュッと握《にぎ》りしめて、撮影現場《さつえいげんば》をあとにした。

6 メンズの撮影《さつえい》はトラブルの予感《よかん》！

「ママ！　遅《おそ》くなってごめんね！」

ちぇるし〜に、ここあに戻《もど》してもらうと、私《わたし》は真《ま》っ先《さき》にメイクスペースにいるママのもとへ行《い》った。

「ここあ！　やっと来《き》たわね」

私《わたし》の姿《すがた》を見《み》て、ママはホッとしてた。

「遅《おそ》いから心配《しんぱい》したわよ。遠《とお》いところ悪《わる》かったわね。もうすぐ撮影《さつえい》が始《はじ》まるから、ここにいてよ？」

「はーい」

私《わたし》も撮影《さつえい》を見《み》たかったたし、その方《ほう》が都合《つごう》がいいかも。

あのあと、私《わたし》は一星《いっせい》さんに、具合《ぐあい》が悪《わる》いからホテルで休《やす》みますって言《い》ったら、すぐに部《へ》屋《や》を空《あ》けてくれた。

夕飯《ゆうはん》もいらないって伝《つた》えたし、今日《きょう》はもうショコラに変身《へんしん》することはないだろうな。

ここあとして持《も》ってきたリュックに、こっそりコスメボックスを入《い》れてきたけど、今日《きょう》はもう使《つか》わないか。

あたりを見渡《みわた》すと、ロケバスから着替《きが》えた登生《とうい》が出《で》てきて、入口《いりぐち》にいた亜蓮《あれん》くんに声《こえ》をかけた。

「亜蓮《あれん》、久《ひさ》しぶり！　春《はる》にいっしょに撮影《さつえい》して以来《いらい》だよな。最近《さいきん》いろんな雑誌《ざっし》で見《み》るけど、人気出《にんきで》てきてるな」

「人気《にんき》モデルの登生《とうい》くんに比《くら》べたら、ボクなんて全然《ぜんぜん》だよ」

亜蓮《あれん》くんはクールに答《こた》えた。

「でも、今回《こんかい》は親父《おやじ》が自《みずか》ら、亜蓮《あれん》をモデルに起用《きよう》したいって言《い》ってたんだぜ？　読《どく》モなのにすげーじゃん？」

「別《べつ》に……」

そこに一星《いっせい》さんがやってきて、二人《ふたり》に撮影《さつえい》の説明《せつめい》を始《はじ》めた。

「今《いま》から亜蓮《あれん》くんと登生《とうい》くんでメンズのページを撮《と》ります。この秋《あき》はワイルドでかっこいいイメージでいこうと思《おも》います。向《む》こうにある岩場《いわば》で撮《と》りますから、さっそく移動《いどう》しましようか」

言《い》われて登生《とうい》は岩場《いわば》を見《み》やると、あごに手《て》をあてて考《かんが》え始《はじ》めた。

「なあ、あの岩場《いわば》だと背景《はいけい》が暗《くら》くない？　秋服《あきふく》って地味《じみ》な色《いろ》が多《おお》いし、服《ふく》が映《は》えるかな。浜辺《はまべ》の方《ほう》がいいんじゃやねーの？」

「明日《あした》の朝《あさ》の撮影《さつえい》も浜辺《はまべ》なので、メンズの撮影《さつえい》は岩場《いわば》にしたんですよ」

「うーん、けど、もっと開放感《かいほうかん》がほしいっていうか……。ワイルドなイメージっていうのに、インパクトが足《た》りないよな。……あ、一星《いっせい》さん！　今《いま》ひらめいたんだけど、砂浜《すなはま》にバイク置《お》いて撮影《さつえい》するってのはどう？」

「バイク……、ですか？」

いきなり出《で》てきた登生《とうい》の提案《ていあん》に、一星《いっせい》さんは腕《うで》ぐみをして考《かんが》えこんだ。

すると、隣《となり》にいた亜蓮《あれん》くんが、けげんそうな表情《ひょうじょう》をうかべる。

「登生《とうい》くん、いきなり何言《なにい》いだすの？　なんでバイク？」

「今《いま》、ひらめいたんだよね。今季《こんき》の秋服《あきふく》に絶対《ぜったい》に合《あ》うと思《おも》うんだ。俺《おれ》の直感《ちょっかん》！」

「直感《ちょっかん》ってさー……」

亜蓮《あれん》くんは苦笑《にがわら》いしているけど、ひらめいてしまった時《とき》の登生《とうい》は止《と》まらない。

「あー、すっげーイメージ広《ひろ》がってきた！　絶対《ぜったい》にいい写真《しゃしん》になる気《き》がする！　なぁ、みんな、今日《きょう》バイクに乗《の》ってきた人《ひと》、いない？」

登生《とうい》はみんなに聞《き》いて回《まわ》りながら、バイクを探《さが》し始《はじ》めた。

その姿《すがた》に、亜蓮《あれん》くんはため息《いき》をついた。

「なんなの、直感《ちょっかん》って……。単《たん》なる社長《しゃちょう》の息子《むすこ》のワガママじゃん。いきなり思《おも》いつきで動《うご》かれたら、スタッフが一番困《いちばんこま》るっていうのにさ」

亜蓮《あれん》くんの皮肉《ひにく》に、隣《となり》で聞《き》いていた一星《いっせい》さんは、ふっと笑《わら》った。

「登生《とうい》くんの思《おも》いつきに振《ふ》り回《まわ》されることには、みんな慣《な》れていますから。彼《かれ》のアイデアにはいつも驚《おどろ》かされますが、いい意味《いみ》で裏切《うらぎ》ってくれるから、無理《むり》をしてでもやってみたくなるんですよ」

一星《いっせい》さんの言葉《ことば》には、不思議《ふしぎ》と納得《なっとく》させる力《ちから》があって、亜蓮《あれん》くんもそれ以上《いじょう》は言《い》わなかった。

登生《とうい》は周《まわ》りが驚《おどろ》くことをするけど、最後《さいご》には本当《ほんとう》に素敵《すてき》な写真《しゃしん》ができるから、私《わたし》も、スタッフのみんなも、登生《とうい》のひらめきを信《しん》じてるんだよね。

しばらくして、登生《とうい》が笑顔《えがお》で戻《もど》ってきた。

「坂田《さかた》さんのアシスタントさんが、バイクで来《き》てた！　しかも写真映《しゃしんば》えしそうなアメリカンバイク！　今《いま》、こっちに回《まわ》してくれるって」

「ひらめいた時《とき》の登生《とうい》くんにはかないませんね。では、バイクが来《き》たら撮影《さつえい》を開始《かいし》しますので、みなさん、よろしくお願《ねが》いします」

「オッケー！」

登生《とうい》は生《い》き生《い》きとした瞳《ひとみ》で浜辺《はまべ》の方《ほう》を見《み》ている。

きっと、どう写《うつ》ろうか、考《かんが》えてるんだろうな。

私《わたし》、こういう登生《とうい》を見《み》るのが好《す》きなんだ。

Ripple《リップル》の服《ふく》が大好《だいす》きで、モデルの仕事《しごと》に対《たい》して、まっすぐ突《つ》っ走《ぱし》っちゃうところ。

やがて浜辺《はまべ》へ走《はし》り出《だ》した登生《とうい》を、私《わたし》は笑顔《えがお》で見守《みまも》っていた。


それから二人《ふたり》の撮影《さつえい》が始《はじ》まった。

カメラの近《ちか》くに移動《いどう》したママにくっついて、私《わたし》も一緒《いっしょ》に撮影《さつえい》を見《み》ていた。

登生《とうい》はうれしそうに、用意《ようい》されたバイクにまたがったりしながら、いろいろなポーズをとった。

亜蓮《あれん》くんはバイクに手《て》を添《そ》えたり、座《すわ》ってバイクにもたれかかったり、それぞれステキなポーズをきめて、次々《つぎつぎ》と写真《しゃしん》が撮《と》られていく。

「二人《ふたり》とも、かっこいい！」

興奮《こうふん》ぎみな私《わたし》に、ママがうなずいた。

「登生《とうい》くんが提案《ていあん》したバイクが、いい味出《あじだ》してるわね」

隣《となり》にいた一星《いっせい》さんも加《くわ》わった。

「暮《く》れかかった曇《くも》り空《ぞら》と、人気《ひとけ》のない浜辺《はまべ》に置《お》かれたバイクが、Ripple《リップル》の秋服《あきふく》のイメージをふくらませてくれますね。二人《ふたり》とも、ワイルドでかっこいいイメージに合《あ》わせた表情《ひょうじょう》やポーズをしてくれてます。……さすがですね」

一星《いっせい》さんは満足《まんぞく》そうに微笑《ほほえ》んだ。

私《わたし》とママも、うなずいて、二人《ふたり》の撮影《さつえい》を見守《みまも》っていた。

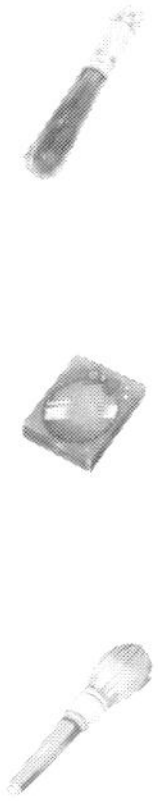

「登生《とうい》くん、髪《かみ》の毛《け》を直《なお》したいから、来《き》てくれる？」

ママが声《こえ》をかけると、登生《とうい》は私《わたし》に気《き》づいて、あっと声《こえ》をあげた。

「ここあ！　久《ひさ》しぶりだな」

「はい！」

登生《とうい》の笑顔《えがお》にうれしくなるけど、それはここあの私《わたし》に向《む》けられたもので、寂《さび》しくなる。

ショコラだけに見《み》せる、ドキドキするような笑顔《えがお》とは、全然《ぜんぜん》ちがうんだ。

「ここあ、レイコさんといっしょに泊《と》まっていくのか？」

「うん。家《いえ》に私一人《わたしひとり》になっちゃうから、泊《と》まることにしたんだ」

「そっか。今日《きょう》泊《と》まるホテル、料理《りょうり》がうまいらしいから、楽《たの》しみにしとけよ？」

「やったぁ!!」

思《おも》わずはしゃいだ私《わたし》に、登生《とうい》は笑《わら》ってたけど。

あれ？　なんかすっごく色気《いろけ》のない会話《かいわ》！

登生《とうい》からしたら、ここあは、中学生《ちゅうがくせい》の子供《こども》っぽい女《おんな》の子《こ》なんだろうな。

……ちょっと、へこむよ。

私《わたし》たちが、ヘアメイクをするスペースに移動《いどう》すると、亜蓮《あれん》くんもやってきて、ママに話《はな》しかけた。

「レイコさん、服《ふく》に合《あ》わせてリップは少《すこ》しダークな感《かん》じにしたいけど、どーかな」

「そうね、いいかもしれない。秋色《あきいろ》のグロスがロケバスにあるはずだから、とってくるわ。あ、ここあ！　悪《わる》いけど、次《つぎ》のコーデで終《お》わりだから、少《すこ》しずつメイク道具《どうぐ》を片付《かたづ》けてくれる？」

「うん。わかった」

言《い》われたとおり、折《お》りたたみの机《つくえ》に並《なら》んだメイク道具《どうぐ》を片付《かたづ》け始《はじ》めた時《とき》だった。

登生《とうい》が、ママのアシスタントさんに声《こえ》をかけた。

「なぁ、ショコラってどこに行《い》ったか知《し》ってる？」

その言葉《ことば》に、私《わたし》は思《おも》わず手《て》を止《と》めた。

「あれ？　そういえば、いないね。もう帰《かえ》っちゃったのかな」

「いや、帰《かえ》るはずないんだけど」

すると、隣《となり》の亜蓮《あれん》くんがぼそっと言《い》った。

「ショコラなら、具合《ぐあい》が悪《わる》いから、先《さき》にホテルで休《やす》むって言《い》ってたけど？」

「え……？　さっきまで元気《げんき》そうだったのに、具合悪《ぐあいわる》いって、どういうことだよ？」

しまった、登生《とうい》にもちゃんと言《い》っておけばよかった。

「登生《とうい》くん、知《し》らなかったんだー。ボクにはちゃんと言《い》ってくれたけど？」

「え？」

ちょっと待《ま》って、そんな言《い》い方《かた》したら、亜蓮《あれん》くんにだけ伝《つた》えたみたいだよ!?

さらに亜蓮《あれん》くんは意味《いみ》ありげに続《つづ》けた。

「登生《とうい》くんってさー、案外《あんがい》ショコラのこと知《し》らないよね」

「……どういう意味《いみ》だよ？」

登生《とうい》はむっとして亜蓮《あれん》くんを見《み》つめた。

「秘密主義《ひみつしゅぎ》なショコラのこと、どれだけ知《し》ってるのかなって。たとえば、ショコラとライン、つながってる？」

「いや、ショコラはラインやってないって」

登生《とうい》の言葉《ことば》に、ドキッとなる。

ラインはここあの名前《なまえ》で登録《とうろく》してあるから、やってないことにしちゃったんだ。

「ショコラは、さっきここでラインしてたよ」

「え？」

私《わたし》は、さっと青《あお》くなった。

そういえば、ここあに戻《もど》る前《まえ》、ママからメッセージが何件《なんけん》か入《はい》ってたから、亜蓮《あれん》くんの前《まえ》で返事《へんじ》を打《う》ってたかもしれない。

「うそ、だろ……？」

「やっぱり登生《とうい》くんには言《い》ってないんだー？　ボクにはラインを教《おし》えてくれたけど？」

「！」

登生《とうい》と私《わたし》は、同時《どうじ》に亜蓮《あれん》くんを見《み》た。
「ショコラが……？」
亜蓮《あれん》くん、なんでそんな嘘《うそ》つくの？
私《わたし》、亜蓮《あれん》くんにラインなんて教《おし》えてないよ⁉
ショックで声《こえ》を失《うしな》った登生《とうい》に、すぐにちがうよって言《い》いたかったけど、ここあの姿《すがた》では
どうすることもできなくて。
ただ信《しん》じられない思《おも》いで、亜蓮《あれん》くんを見《み》つめていた。

7 ドキドキ♥夜《よる》の浜辺《はまべ》デート

ぎくしゃくした雰囲気《ふんいき》のまま、二人《ふたり》は最後《さいご》のコーデの写真《しゃしん》を撮《と》って、今日《きょう》の撮影《さつえい》はすべて終《お》わった。

私《わたし》はママとホテルのレストランで、夕食《ゆうしょく》をとっていた。

すっかり日《ひ》が暮《く》れて、窓《まど》から外《そと》を見《み》れば、ホテルの建物《たてもの》はきれいにライトアップされて、イルミネーションのついた木々《きぎ》が、きらめいてる。

「このホテル、料理《りょうり》がいいって聞《き》いてたけど、本当《ほんとう》にどれもおいしかったわね！　デザートも楽《たの》しみだわ」

ママは満足《まんぞく》そうに言《い》ったけど、私《わたし》は上《うわ》の空《そら》だった。

「そうだね……」

さっきの亜蓮《あれん》くんの言葉《ことば》と、登生《とうい》の寂《さび》しげな顔《かお》が頭《あたま》から離《はな》れなくて、何《なに》を食《た》べたのかあんまり覚《おぼ》えてなかった。

登生《とうい》はきっと、ショコラと亜蓮《あれん》くんがラインでつながってると思《おも》ったよね？

早《はや》く誤解《ごかい》をときたいのに……。

そのとき、レストランの入口《いりぐち》で登生《とうい》が電話《でんわ》をかけているのが見《み》えた。

……もしかして、ショコラにかけてるの？

あわててポケットを探《さぐ》るけど、スマホがない。

こんな時《とき》にかぎって、部屋《へや》に置《お》いてきちゃった⁉

どうしよう、まだ食事《しょくじ》が終《お》わってないけど、早《はや》くスマホを見《み》にいきたいよ！

私《わたし》は席《せき》を立《た》つと、

「ごちそうさま。先《さき》に部屋《へや》に帰《かえ》ってもいい？」

「え？　でもまだデザートが来《き》てないわよ？」

「もうお腹《なか》いっぱいだし、ちょっと疲《つか》れたから、部屋《へや》でゆっくりしたいなって」

「デザートがいらないなんて、どうしちゃったの？　でも今日《きょう》は部活《ぶかつ》のあとに来《き》たし、疲《つか》れたわよね。じゃあ、鍵《かぎ》を渡《わた》すから、先《さき》に戻《もど》ってて。ママはこのあと、明日《あした》の打《う》ち合《あ》わせがあるから、遅《おそ》くなるかもしれないけど」

「わかった。先《さき》に寝《ね》てるから、ゆっくりしてきていいよ」

そうして私《わたし》はママからカードキーをもらうと、走《はし》って部屋《へや》へ戻《もど》った。

部屋《へや》に入《はい》って、いそいでスマホを見《み》ると、やっぱり登生《とうい》から二回《にかい》も着信《ちゃくしん》があった。いそいで電話《でんわ》をかけ直《なお》すと、登生《とうい》はすぐに電話《でんわ》に出《で》てくれた。

『ショコラ？』

「ごめんね、今《いま》、電話《でんわ》に気《き》づいて……」

『具合悪《ぐあいわる》くて寝《ね》てたんだろ？　もう、いいのか？』

電話《でんわ》の向《む》こうから、私《わたし》を気《き》づかう優《やさ》しい登生《とうい》の声《こえ》が返《かえ》ってきた。

「うん、大丈夫《だいじょうぶ》だよ。寝《ね》てたら少《すこ》しよくなったかも。心配《しんぱい》かけてごめんね」

『そっか。なら、よかった』

そう言《い》ったきり、登生《とうい》はしばらく黙《だま》ってしまった。

「……登生《とうい》？」

思《おも》わず問《と》いかけると、電話《でんわ》の向《む》こうで登生《とうい》が小《ちい》さくつぶやいた。

『……会《あ》いたい』

せつなそうな声《こえ》に、ドキンと胸《むね》が鳴《な》った。

すると、次《つぎ》は、はっきりと聞《き》こえた。

『今《いま》すぐ、ショコラに会《あ》いたい』

登生《とうい》の気持《きも》ちが電話《でんわ》ごしに伝《つた》わってきて、胸《むね》がぎゅっとなる。

「私《わたし》も、会《あ》いたい」

思《おも》わずそんな言葉《ことば》がこぼれる。

一度口《いちどくち》にしたら、もう気持《きも》ちは止《と》まらなくて。

「登生《とうい》に、今《いま》すぐ会《あ》いたいよ」

またショコラに変身《へんしん》しなくちゃならないし、ここあがいなくなったら、ママが心配《しんぱい》するのはわかってるのに。

『ロビーで待《ま》ってるから』

それだけ言《い》って、電話《でんわ》は切《き》れた。

私《わたし》はすぐにリュックの中《なか》からコスメボックスを取《と》り出《だ》して、ちぇるし〜を呼《よ》んだ。

「ちぇるし〜！　今《いま》から登生《とうい》に会《あ》いにいきたいの。ショコラに変身《へんしん》させて！」

しばらくして、鏡《かがみ》から、七色《なないろ》の光《ひかり》とともにちぇるし〜が出《で》てきた。

「今《いま》から会《あ》いにいくって、大丈夫《だいじょうぶ》なの？　ママが心配《しんぱい》するんじゃないっ？」

「ママなら、このあと打《う》ち合《あ》わせがあるって言《い》ってたから、たぶん大丈夫《だいじょうぶ》！　なにより……、今《いま》すぐ登生《とうい》に会《あ》いたいの。お願《ねが》い！」

せっぱつまった私《わたし》の声《こえ》に、ちぇるし〜は驚《おどろ》いていたけど、

「わかったよ。そういうことなら、ちぇるし〜にまかせて！　……いくよ、ちぇるし〜の、魔《ま》法《ほう》！」

ちぇるし〜のうずまきキャンディから七色《なないろ》のうずが出《で》てきて、一気《いっき》に私《わたし》を包《つつ》みこむ。

目《め》を開《あ》けると、ショコラの私《わたし》は、ふわりとした白《しろ》のワンピースを着《き》ていた。

「わぁ、すごくかわいい！」

鏡《かがみ》を見《み》れば、髪《かみ》の毛《け》もアップにされていて、すごく大人《おとな》っぽい。

「ちぇるし～、がんばっちゃった！　夜《よる》のデートなんて、ドキドキだよね～？　いってらっしゃい」

「ありがとう！　行《い》ってくるね」

私《わたし》はちぇるし～にお礼《れい》を言《い》ってコスメボックスを閉《と》じると、そっとドアを開《あ》けて廊下《ろうか》に誰《だれ》もいないのを確《たし》かめてから、部屋《へや》をあとにした。

ロビーに行《い》くと、先《さき》に待《ま》っていた登生《とうい》が私《わたし》に気《き》づいて、かけよってくる。

「ショコラ、外《そと》に出《で》よう」

私《わたし》たちはホテルを出《で》ると、浜辺《はまべ》へと向《む》かった。

夜《よる》の浜辺《はまべ》は、ホテルのライトがきらめいて、昼間《ひるま》とは全然雰囲気《ぜんぜんふんいき》がちがう。

前《まえ》を歩《ある》く登生《とうい》を見《み》つめていると、うれしさと好《す》きって気持《きも》ちで、胸《むね》がいっぱいになる。

つないだ手《て》から、ドキドキが伝《つた》わってないかな。

夜《よる》の浜辺《はまべ》をしばらく歩《ある》いて、岩場《いわば》まで来《く》ると、私《わたし》たちは座《すわ》って海《うみ》をながめた。

真《ま》っ黒《くろ》な夜《よる》の海《うみ》には、ホテルのオレンジ色《いろ》の光《ひかり》がぼんやりとうつっている。

「やっと、二人《ふたり》きりになれたな」

登生《とうい》は、熱《ねつ》のこもったまなざしを私《わたし》に向《む》けた。

ドクンと、胸《むね》が鳴《な》る。

「ずっと……、会《あ》いたかった」

そんなふうに見《み》つめられたら、私《わたし》はもう何《なに》もできなくなるよ。

見《み》つめあったまま、胸《むね》の鼓動《こどう》はだんだん大《おお》きくなっていく。

「ショコラ」

登生《とうい》は手《て》をのばして、私《わたし》のほおにそっと触《ふ》れた。

心臓《しんぞう》が、壊《こわ》れそうなほど鳴《な》っている。

なのに、少《すこ》しも目《め》を離《はな》したくなくて、ただ登生《とうい》を見《み》つめていた。

その時《とき》、ビュッと海風《うみかぜ》が強《つよ》く吹《ふ》きつけてきて、思《おも》わず腕《うで》を抱《かか》えた。

「寒《さむ》い？　これ、着《き》ろよ」

登生《とうい》は、はおっていた薄手《うすで》のパーカを脱《ぬ》いで私《わたし》にかけてくれた。

「でも、登生《とうい》は……」

「俺《おれ》はいいよ。ショコラ、さっきまで具合《ぐあい》が悪《わる》かったんだろ？」

「ありがとう。あったかい」

ひと回《まわ》り大《おお》きいパーカから、かすかに登生《とうい》の匂《にお》いがして、はおっていると登生《とうい》に包《つつ》まれているみたい。

すると、次《つぎ》の瞬間《しゅんかん》、登生《とうい》が力強《ちからづよ》く私《わたし》を抱《だ》き寄《よ》せた。

「！」

「このまま離《はな》したくない」

耳元《みみもと》でささやいた登生《とうい》の言葉《ことば》に、胸《むね》がぎゅうっと甘《あま》くしめつけられる。

登生《とうい》、私《わたし》もずっとこうしていたいよ。

私《わたし》は肩《かた》に寄《よ》りかかりながら、これ以上《いじょう》ないくらい登生《とうい》を近《ちか》くに感《かん》じていた。

「ショコラ、俺《おれ》から離《はな》れるなよ」

ぽつりとつぶやいた登生《とうい》の声《こえ》が、なぜかせつなく聞《き》こえた。

「え？　私《わたし》は、ここにいるよ？」

「……どんなに近《ちか》くにいても、いつもショコラを遠《とお》くに感《かん》じる」

その言葉《ことば》に、私《わたし》ははっとして顔《かお》を上《あ》げた。

「どうして……？」

震《ふる》える声《こえ》で聞《き》くと、登生《とうい》はためらいながら口《くち》を開《ひら》いた。

「俺《おれ》、ショコラのこと、何《なに》も知《し》らない」

「！」

「亜蓮《あれん》に言《い》われて気《き》づいたんだ。俺《おれ》、ショコラの年齢《ねんれい》も、住《す》んでるところも、家族《かぞく》のことも、どこの学校《がっこう》でどんな生活《せいかつ》してるのかも、何《なに》も知《し》らない。知《し》ってるのは電話番号《でんわばんごう》だけ。それってすごくおかしいよな？　好《す》きな子《こ》のことなのに」

そこまで言《い》うと、登生《とうい》は抱《だ》き寄《よ》せていた手《て》を離《はな》して、私《わたし》と正面《しょうめん》から向《む》き合《あ》った。

「……今《いま》もまだ、言《い》えないのか？」

登生《とうい》のまっすぐな眼差《まなざ》しが、今《いま》は辛《つら》い。

私《わたし》は目《め》をそらして、うつむいた。

「ごめん」

私《わたし》たちのあいだに重《おも》い沈黙《ちんもく》が流《なが》れる。

そのうち、登生《とうい》がぼそっとつぶやいた。

「でも、亜蓮《あれん》には言《い》えるんだな」

「え？」

「亜蓮《あれん》はショコラのラインを知《し》ってるって言《い》ってた。けど、俺《おれ》はショコラがラインやってることすら知《し》らなかった」

「あのね、亜蓮《あれん》くんの言《い》ってたことは……」

あわてて誤解《ごかい》をとこうとしたけど、登生《とうい》はさえぎるように言《い》った。

「いや、亜蓮《あれん》のことはいいんだ。それよりも、ショコラが俺《おれ》に嘘《うそ》ついてたことがショックだった」

「あ……」

そうだよね……。私《わたし》、登生《とうい》にラインはやってないって嘘《うそ》ついた。

「ごめんなさい……」

ただ、謝《あやま》ることしかできなかった。

私《わたし》だって、登生《とうい》に嘘《うそ》や隠《かく》しごとなんてしたくない。

けど、ショコラの正体《しょうたい》を言《い》うわけにはいかないよ。

うつむいた私《わたし》のほおを、涙《なみだ》が伝《つた》って、岩場《いわば》の石《いし》にぽたっと落《お》ちた。

「俺《おれ》、ショコラのことがわかんねーよ。なんで俺《おれ》にまでいろいろ隠《かく》すんだ？　ショコラにとって、俺《おれ》はそれくらいの存在《そんざい》なのかよ？」

「そんなことない。登生《とうい》はとっても大事《だいじ》な存在《そんざい》だよ。だけど……」

これ以上《いじょう》は言《い》えない。

登生《とうい》、私《わたし》も苦《くる》しいよ。こんなに登生《とうい》のことが好《す》きなのに。

涙《なみだ》が次《つぎ》から次《つぎ》へと流《なが》れて、足元《あしもと》の岩《いわ》に落《お》ちていく。

やがて私《わたし》の涙《なみだ》に重《かさ》なるように、雨粒《あまつぶ》がポツポツと落《お》ちてきた。

「やっぱり降《ふ》ってきたな。……もう戻《もど》ろう」

登生《とうい》はつぶやいて、私《わたし》の手《て》をとって立《た》たせてくれた。

雨《あめ》はだんだん強《つよ》くなって、打《う》ちつけるように降《ふ》ってくる。

涙《なみだ》と雨《あめ》が混《ま》じりながら私《わたし》のほおを流《なが》れていくけど、あえてぬぐうことはしなかった。

8 こころあの涙《なみだ》

ホテルの部屋《へや》をノックしてから、そっと部屋《へや》に入《はい》る。

まだママが帰《かえ》ってなくてよかった。

雨《あめ》にぬれて、すごく寒《さむ》い。

けど、少《すこ》しでも登生《とうい》を感《かん》じていたくて、貸《か》してくれたパーカを脱《ぬ》げずにいた。

私《わたし》は鏡台《きょうだい》の前《まえ》のイスに座《すわ》って、コスメボックスをぼんやりながめる。

やがて重《おも》い気持《きも》ちで開《ひら》くと、呼《よ》んでないのに、七色《なないろ》の光《ひかり》とともにちぇるし〜が出《で》てきた。

「こころあ、夜《よる》のデートはどうだったー？　って、ずぶぬれだけど、雨《あめ》が降《ふ》ってたの？」

「あ……、うん。途中《とちゅう》から降《ふ》ってきて」

「明日《あした》も朝《あさ》から撮影《さつえい》があるし、早《はや》くシャワーを浴《あ》びておいでよ！　……あれ？　もしかして、泣《な》いてる……？」

心配《しんぱい》そうなちぇるし〜の顔《かお》を見《み》たら、涙《なみだ》がじわっとにじんだ。

「何《なに》があったの？　登生《とうい》とケンカしたの？」

「ケンカ……の方《ほう》がいいかもしれない」

登生《とうい》のことを思《おも》い出《だ》して、また涙《なみだ》があふれてくる。

ちぇるし〜は、しばらく私《わたし》を見《み》つめていたけど、そっと私《わたし》のほおに触《ふ》れて、

「ねえ、まずはシャワーを浴《あ》びて、あたたまっておいでよ。それからゆっくり話《はなし》を聞《き》くから。さあ、早《はや》く」

私《わたし》は、熱《あつ》いシャワーを浴《あ》びて、ちぇるし〜にここあに戻《もど》してもらうと、浜辺《はまべ》でのできごとを話《はな》した。

「そんなことがあったんだ……」

「登生《とうい》は、もうショコラのことを信《しん》じられないよね。自分《じぶん》のことを話《はな》さないし、嘘《うそ》ついたりするし」

「ここあ……」

「私《わたし》だって、登生《とうい》に隠《かく》しごとなんてしたくない。でも、ショコラの正体《しょうたい》はここあだなんて言《い》えないよ。登生《とうい》が好《す》きなのはショコラなんだから」

わかってることだけど、やっぱり辛《つら》いよ。

ちぇるし～は私《わたし》を見《み》て、悲《かな》しそうにつぶやいた。

「ここあ、ごめんね。ちぇるし～がここあをショコラに変身《へんしん》させたから、こんな辛《つら》い思《おも》いをさせちゃってるんだよね。ちぇるし～は恋《こい》する女《おんな》の子《こ》を応援《おうえん》してるはずなのに、ちぇるし～が、ここあを苦《くる》しめているのかもしれない」

ちぇるし～の金色《きんいろ》の瞳《ひとみ》は揺《ゆ》れていて、今《いま》にも泣《な》きだしそうだったから、私《わたし》はたまらずに言《い》った。

「それはちがうよ！　ちぇるし～は全然悪《ぜんぜんわる》くない。だって、ちぇるし～がいなかったら、私《わたし》は登生《とうい》といっしょにモデルをやることもなければ、好《す》きって言《い》ってもらえることもなかった。きっと憧《あこが》れの芸能人《げいのうじん》のままで終《お》わってたよ」

私《わたし》は、きれいな金色《きんいろ》の瞳《ひとみ》をまっすぐに見《み》て言《い》った。

「恋愛映画《れんあいえいが》に憧《あこが》れてるだけの私《わたし》が、登生《とうい》みたいな素敵《すてき》な人《ひと》と恋《こい》をして、悩《なや》むことができるのは、ちぇるし～のおかげなんだよ」

すると、ちぇるし～は金色《きんいろ》の瞳《ひとみ》にいっぱい涙《なみだ》をうかべて、私《わたし》のほおに飛《と》びついた。

「ふぇーん！　ちぇるし～、ここあが大好《だいす》きだよ！」

「私《わたし》も、大好《だいす》きだよ！」

私《わたし》は、ちぇるし～をそっと両手《りょうて》で包《つつ》みこんだ。

すごく、あったかいな。

小《ちい》さなぬくもりに、すこしずつ心《こころ》がいやされていくみたい。

「……ありがとう。ちぇるし～のおかげで、ちょっと元気《げんき》が出《で》てきたよ。これからどうすればいいかわからないけど、やっぱり登生《とうい》のことが好《す》きだから、もう少《すこ》しがんばってみる」

「そうだよ！　ここあ、負《ま》けないで！　お互《たが》いに好《す》きなら、きっと道《みち》は開《ひら》けるはずだよ。ねえ、今《いま》からいっしょにショコラのプロフィールを考《かんが》えてみない？　言《い》ってもいい範囲《はんい》で答《こた》えたら、登《とう》生《い》も喜《よろこ》ぶかも！」

「うん、そうだね！」

私《わたし》はそばにあったメモ帳《ちょう》をとって、ちぇるし～と二人《ふたり》で、ショコラのプロフィールを考《かんが》え始《はじ》めた。

次《つぎ》の日《ひ》、私《わたし》とママは早《はや》めに朝食《ちょうしょく》をとって、身《み》じたくをすませた。

「ママ、私《わたし》、もう帰《かえ》ってもいいかな？」

「そのことなんだけど、ホテルから駅《えき》まで遠《とお》いから、一人《ひとり》で帰《かえ》るのは無理《むり》でしょう？　行《い》きはタクシーだったと思《おも》うけど、帰《かえ》りは車《くるま》で駅《えき》まで送《おく》ってもらえるよう、頼《たの》んであげるからね」

「え？」

「今《いま》から撮影《さつえい》でみんな忙《いそが》しいけど、一《ひと》つ目《め》の撮影《さつえい》が終《お》わる十時頃《じゅうじごろ》には送《おく》ってもらえるはずよ。それまで待《ま》っててくれる？」

「十時《じゅうじ》までって、そんな……」

今《いま》から私《わたし》、二《ふた》つ撮影《さつえい》があるんだよ？

しかも、十時《じゅうじ》にここあに戻《もど》ったとしても、そのあとショコラの撮影《さつえい》が控《ひか》えてるし、どうしよう!?

「ここから駅《えき》までタクシー使《つか》うと高《たか》くつくし……、ね、お願《ねが》い！　今日《きょう》は部活《ぶかつ》ないんでしょ？　十時《じゅうじ》まで好《す》きに過《す》ごしていいから！」

そんな、ママに手《て》を合《あ》わせてお願《ねが》いされたら、断《ことわ》れないよ……。

「……わかったよ。十時《じゅうじ》には行《い》くから」

今《いま》からショコラになって、一《ひと》つ目《め》の撮影《さつえい》を終《お》えたら、すぐにここあに戻《もど》ればいいんだよね？

そこから先《さき》のことは、その時《とき》考《かんが》えよう！

「ここあ、ありがとう！　じゃあ、そろそろ行《い》くわね」

「うん」

ママが部屋《へや》を出《で》ていくと、はあっと大《おお》きなため息《いき》をついた。

「うまくいくといいけど……って、そういえば、私《わたし》も早《はや》く撮影《さつえい》に行《い》かなくちゃ！」

悩《なや》むヒマもなく、私《わたし》はいそいでショコラに変身《へんしん》して外《そと》へ出《で》た。

そういえば、今日《きょう》の撮影場所《さつえいばしょ》は、昨日登生《きのうとうい》と歩《ある》いた浜辺《はまべ》だっけ。

……登生《とうい》と、どんな顔《かお》して会《あ》えばいいんだろう。

昨日《きのう》のできごとがよみがえって、胸《むね》がズキっとする。

でも、登生《とうい》のことが好《す》きだから、がんばるって決《き》めたんだ。

「おはようございます！」

集《あつ》まっているスタッフさんたちに、元気《げんき》にあいさつをした。

「おはよう、ショコラちゃん。もう具合《ぐあい》は良《よ》くなった？」

「はい。もう大丈夫《だいじょうぶ》です。心配《しんぱい》かけちゃってごめんなさい」

「今日《きょう》は二《ふた》つ撮影《さつえい》があるから、がんばってね」

「はい」

そのとき、目《め》の端《はし》に、階段《かいだん》を下《お》りてくる登生《とうい》が映《うつ》った。

キャップを深《ふか》めにかぶって、顔《かお》は見《み》えないけど、なんとなく暗《くら》い感《かん》じがする。

「登生《とうい》くん、おはよう。さっそくヘアメイクからよろしくね」

「ああ。わかった」

登生《とうい》がこっちに向《む》かって歩《ある》いてくる。

どうしよう、登生《とうい》になんて話《はな》しかければいいのかな。

ぐるぐると考《かんが》えているうちに、ばちっと目《め》が合《あ》ってしまった。

「えっと、あの、おはよう！」

勇気《ゆうき》を出《だ》してあいさつしたけど、登生《とうい》はせつなそうな目《め》で一瞬私《いっしゅんわたし》を見《み》てから、さっと視《し》線《せん》を外《はず》して、横《よこ》を通《とお》りすぎていった。

「あ……」

いま、無視《むし》された……？

振《ふ》り返《かえ》って、登生《とうい》の背中《せなか》を目《め》で追《お》うと、さっきまでがんばろうと思《おも》っていた気持《きも》ちは、みるみるしぼんでいく。

「ショコラちゃん、先《さき》に着替《きが》えをお願《ねが》いね」

浜島《はましま》さんの声《こえ》にはっとして、差《さ》し出《だ》された服《ふく》を受《う》け取《と》る。

「白《しろ》の、ワンピース……？」

思《おも》わず、手《て》が止《と》まった。

昨日《きのう》の夜《よる》も、白《しろ》いワンピースを着《き》てたっけ……。

「かわいいニットワンピでしょう？　ポケットの部分《ぶぶん》がファーになってて、この秋《あき》オススメの一着《いっちゃく》なのよ。ショコラちゃんに、とても似合《にあ》うと思《おも》うわ」

「はい……」

辛《つら》いけど、今《いま》はちゃんとお仕事《しごと》しなくちゃ。

私《わたし》は無理《むり》やり気持《きも》ちをおしこめて、着替《きが》えへと向《む》かった。

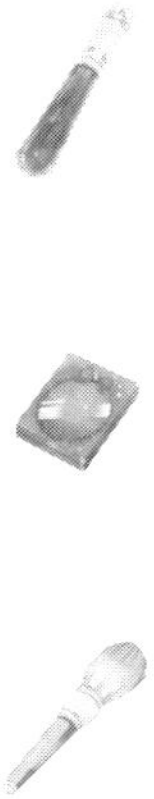

着替《きが》えとヘアメイクをすませて戻《もど》ると、登生《とうい》はスタッフの人《ひと》と話《はな》していて、私《わたし》の方《ほう》を見《み》ようともしない。
たぶん、無視《むし》されてるよね……？
重《おも》いため息《いき》をついた、そのとき。
「おはよーございまぁーすっ☆　やっぱりここでやってるー！」

明《あか》るい声《こえ》が聞《き》こえて、あわてて振《ふ》り返《かえ》ると、

「美音《みおん》さん!?」

な、なんで美音《みおん》さんがここにいるの？

今回《こんかい》のロケは来《こ》ないはずじゃ……？

「あれっ、美音《みおん》ちゃん？　どうしたの？」

数人《すうにん》のスタッフが、美音《みおん》さんを囲《かこ》んだ。

「今日《きょう》ねー、二時《にじ》から横浜《よこはま》でお仕事《しごと》があるんだ。そんなに遠《とお》くないから、差《さ》し入《い》れついでに様子見《ようすみ》にきちゃった！」

そう言《い》って、たくさんの飲《の》み物《もの》が入《はい》ったビニール袋《ぶくろ》を、どんとテーブルに置《お》いた。

「美音《みおん》ちゃん、ありがとう。気《き》がきくね！　そっかぁ。横浜《よこはま》なら近《ちか》いしね」

「やっぱりRipple《リップル》の撮影《さつえい》に美音《みおん》ちゃんがいないと、寂《さび》しいよ」

「ホントにー？　美音《みおん》もRipple《リップル》の専属《せんぞく》モデルなんだもん、カタログの撮影《さつえい》は気《き》になるよー。

あっ、ショコラちゃーん！　おはよー☆」

美音《みおん》さんが大《おお》きく手《て》を振《ふ》ってくれたから、私《わたし》はひきつった笑顔《えがお》で手《て》を振《ふ》り返《かえ》す。

登生《とうい》とも気《き》まずいままなのに、美音《みおん》さんまで来《き》ちゃって、すごくやりにくいよ……。

すると、登生《とうい》も美音《みおん》さんに気《き》がついて、声《こえ》をかけた。

「あれ？　なんで美音《みおん》がここに？」

「登生《とうい》！　美音《みおん》、午後《ごご》から横浜《よこはま》で撮影《さつえい》があるけど、Ripple《リップル》のカタログ撮影《さつえい》が気《き》になって寄《よ》ったんだよっ。ねぇ、ショコラちゃんだけで大丈夫《だいじょうぶ》なの？　美音《みおん》、午前中《ごぜんちゅう》は空《あ》いてるから、いっしょに撮影《さつえい》できるよっ？」

「え、いいのか？」

「もちろん！　美音《みおん》もRipple《リップル》のカタログに出《で》たいもん。ねぇ登生《とうい》、お願《ねが》い！」

かわいくお願《ねが》いする美音《みおん》さんに、登生《とうい》は少《すこ》し考《かんが》えてから、

「じゃ、このあとの、俺《おれ》と亜蓮《あれん》とショコラの撮影《さつえい》なら入《はい》れるかもしれないから、一星《いっせい》さんに聞《き》いてみるよ」

「登生《とうい》、ありがとう!!」

美音《みおん》さんはうれしそうに登生《とうい》の腕《うで》にしがみつく。

「！」

美音《みおん》さん、登生《とうい》にくっつきすぎだよ！

ハラハラしていると、登生《とうい》は美音《みおん》さんの手《て》をそっとほどいて、一星《いっせい》さんのところへ走《はし》っていってしまった。

美音《みおん》さんは残念《ざんねん》そうな顔《かお》をして登生《とうい》のことを見《み》てたけど、なぜかこっちにやってきた。

そして、私《わたし》の手《て》をとると、ニッコリと笑《わら》って言《い》った。

「ショコラちゃん、撮影《さつえい》お疲《つか》れさま。今日《きょう》も美音《みおん》の代《か》わりに出《で》てくれて、ありがとね☆」

言葉《ことば》の裏《うら》に、たっぷり皮肉《ひにく》がこめられてる気《き》がするよ……。

「どう、いたしまして……」

登生《とうい》とも気《き》まずいままなのに、美音《みおん》さんまでやってきて、今日《きょう》の撮影《さつえい》、一体《いったい》どうなっちゃうの……!?

9 離《はな》れていく心《こころ》

「じゃあ、登生《とうい》くんとショコラちゃんの撮影《さつえい》を始《はじ》めようか」

坂田《さかた》さんの言葉《ことば》に、現場《げんば》は一気《いっき》に撮影《さつえい》モードになった。

「まずは楽《たの》しそうに、手《て》をつないで浜辺《はまべ》を歩《ある》いてみよう。今回《こんかい》は自然《しぜん》な感《かん》じで撮《と》るから、服《ふく》のことはあまり考《かんが》えなくていいよ」

登生《とうい》は振《ふ》り返《かえ》って私《わたし》に手《て》を差《さ》しのべてくれたけど、いつものドキドキするような笑顔《えがお》はない。

登生《とうい》の手《て》にそっと自分《じぶん》の手《て》を重《かさ》ねると、一瞬辛《いっしゅんつら》そうな顔《かお》をしてから、私《わたし》の手《て》をぎゅっと握《にぎ》って歩《ある》き出《だ》した。

昨日《きのう》の夜《よる》もこうして浜辺《はまべ》を歩《ある》いたっけ。

あの時《とき》は、うれしくてドキドキしてたけど、今《いま》は、すごく登生《とうい》を遠《とお》く感《かん》じるよ。

「二人《ふたり》とも、元気《げんき》ない？　表情《ひょうじょう》が硬《かた》いよ？」

心配《しんぱい》そうな坂田《さかた》さんの声《こえ》に、はっとして顔《かお》を上《あ》げた。

いけない、今《いま》は撮影中《さつえいちゅう》なんだから、もっと楽《たの》しそうな顔《かお》をしなくちゃ。

「ショコラちゃん、まだ具合悪《ぐあいわる》いの？」

坂田《さかた》さんが構《かま》えていたカメラを下《お》ろして、私《わたし》の方《ほう》を見《み》た。

「いえ……、もう大丈夫《だいじょうぶ》です」

「登生《とうい》くんも、どうしたの？　元気《げんき》ないね。昨日《きのう》は朝《あさ》から夜《よる》まで撮影続《さつえいつづ》きだったし、お疲《つか》れかい？」

「あ、ごめん。ちょっと疲《つか》れてんのかな」

「ま、そういう俺《おれ》も昨日《きのう》、飲《の》みすぎて、まだちょっと気持《きも》ち悪《わる》いんだけどさ。ハハッ」

坂田《さかた》さんは明《あか》るく笑《わら》ってから、もう一度《いちど》カメラを構《かま》えた。

「このページはそんなにカット数多《すうおお》くないから、集中《しゅうちゅう》して、ぱっと撮《と》っちゃおう。さ、登《とう》生《い》くん、リードしてあげて」

すると、登生《とうい》が撮影用《さつえいよう》の笑顔《えがお》をうかべたから、私《わたし》もがんばって笑《わら》ってみる。

それから二人《ふたり》で砂浜《すなはま》に絵《え》を描《か》いたり、波《なみ》うちぎわのギリギリまで走《はし》ってみたり、海《うみ》の向《む》こうを二人《ふたり》でながめたりした。

けど、いつも登生《とうい》といっしょに撮影《さつえい》する時《とき》のワクワク感《かん》がない。

ただカメラの前《まえ》で、二人《ふたり》でいろんなポーズをとって写《うつ》しているだけで、気持《きも》ちが全《まった》くついてこないよ。

ひと通《とお》り撮《と》ってから、坂田《さかた》さんがカメラを持《も》つ手《て》を下《お》ろした。

「よし。一回《いっかい》モニターでチェックしてみようか」

「俺《おれ》も見《み》るよ」

登生《とうい》と坂田《さかた》さんは、モニターのある場所《ばしょ》へ向《む》かった。

私《わたし》はせつない気持《きも》ちで、登生《とうい》の後《うし》ろ姿《すがた》をじっと見《み》つめてた。

「ねえ、ショコラちゃん」

その声《こえ》に振《ふ》り返《かえ》ると、美音《みおん》さんが厳《きび》しい顔《かお》つきで私《わたし》のところにやってくる。

「今《いま》の撮影《さつえい》なに？　遠目《とおめ》でも、すっごく暗《くら》い雰囲気《ふんいき》が伝《つた》わってきたよっ？　あんな表情《ひょうじょう》で、

Ripple《リップル》のカタログにのってほしくないんだけど？」

「！」

私《わたし》は、はっとして美音《みおん》さんを見《み》た。

「ショコラちゃん、登生《とうい》に何《なに》を言《い》ったの？」

「え？」

「美音《みおん》といっしょに撮《と》る時《とき》は、登生《とうい》はいつも明《あか》るく輝《かがや》いてる。けど、さっきの登生《とうい》は、輝《かがや》くどころか、見《み》てて心配《しんぱい》になったよ。それ、ショコラちゃんのせいだからねっ！」

「私《わたし》の……、せい？」

「美音《みおん》だったら、登生《とうい》にあんな顔《かお》させないのに」

にらみつけるように私《わたし》を見《み》てから、美音《みおん》さんは去《さ》っていった。

私《わたし》が、登生《とうい》をこまらせてるの……？

「ショコラちゃん、ちょっといいかな」

モニターをチェックしていた坂田《さかた》さんが、手招《てまね》きをしている。

「あ、はい」

すぐに坂田《さかた》さんのところに行《い》くと、登生《とうい》が険《けわ》しい顔《かお》つきで、モニターの写真《しゃしん》を一《ひと》つずつチェックしていた。

「ショコラちゃんにも、今撮《いまと》ったものを見《み》てほしいんだけど……」

私《わたし》がモニターを見《み》ようとしたとたん、

「ダメだな……。こんな写真《しゃしん》じゃ、使《つか》い物《もの》にならない」

登生《とうい》が苦々《にがにが》しくつぶやいて、立《た》ち上《あ》がった。

「えっ？」

不安《ふあん》を感《かん》じて、あわてて画面《がめん》を見《み》る。

どの写真《しゃしん》も表情《ひょうじょう》は暗《くら》くて、無理《むり》やり作《つく》った笑顔《えがお》は、ぎこちない。

登生《とうい》にも、いつもの楽《たの》しそうな、キラキラした感《かん》じが全《まった》くなかった。

「あんまりいい写真《しゃしん》がなくて、もう一回撮《いっかいと》り直《なお》そうと思《おも》ってね。大丈夫《だいじょうぶ》かな」

坂田《さかた》さんは申《もう》し訳《わけ》なさそうに言《い》ってくれたけど、たぶん、私《わたし》のせいだよ。

震《ふる》える手《て》をぎゅっと握《にぎ》って、坂田《さかた》さんに頭《あたま》を下《さ》げた。

「すみませんでした。次《つぎ》は、気持《きも》ちを切《き》りかえてがんばります」

「そんなに思《おも》いつめなくていいよ。ちょっと休憩《きゅうけい》してからやろう」

坂田《さかた》さんは、ぽんと私《わたし》の頭《あたま》に手《て》を乗《の》せて励《はげ》ましてくれる。

その時《とき》、登生《とうい》がいきなり口《くち》を開《ひら》いた。

「坂田《さかた》さん」

「ん？」

「このページ、俺《おれ》、ショコラじゃなくて美音《みおん》と撮《と》りたいんだけど、いい？」

「え？」

私《わたし》と坂田《さかた》さんは驚《おどろ》いて登生《とうい》を見《み》た。

「美音《みおん》ちゃんで……って、今《いま》から？」

「ワガママ言《い》ってごめん。今日《きょう》はショコラとだと、気持《きも》ちが乗《の》らない。美音《みおん》と撮《と》るよ」

「！」

ショックで身動《みうご》きがとれなくなる。

「いや、でも……」

坂田《さかた》さんは、気《き》まずそうに私《わたし》をちらっと見《み》た。

「みんなにも伝《つた》えてくる」

そう言《い》って登生《とうい》はみんなのところへ歩《ある》き出《だ》したから、坂田《さかた》さんは肩《かた》をすくめて、カメラの調整《ちょうせい》を始《はじ》めた。

登生《とうい》は、立《た》ちつくす私《わたし》の前《まえ》で、足《あし》を止《と》めた。

「ごめん。今日《きょう》はショコラと撮《と》れない。二人《ふたり》で浜辺《はまべ》を歩《ある》いていると、昨日《きのう》のこと思《おも》い出《だ》して辛《つら》くなるんだ。これじゃ、いい写真《しゃしん》なんて撮《と》れねーから」

登生《とうい》は早口《はやくち》で言《い》ってから、向《む》こうへ行《い》ってしまった。

やっぱり、私《わたし》のせいだったんだ……。

体中《からだじゅう》の力《ちから》がぬけていって、そばにあったイスに座《すわ》りこんだ。

いつだって登生《とうい》は、全力《ぜんりょく》で撮影《さつえい》に取《と》り組《く》んできたのに。

私《わたし》が隣《となり》にいるとうまく写《うつ》れないなんて、私《わたし》はジャマな存在《そんざい》なの？

このままじゃ、登生《とうい》はどんどん私《わたし》から離《はな》れていっちゃうよ……。

「ショコラさん」

優《やさ》しい声《こえ》に顔《かお》を上《あ》げると、一星《いっせい》さんがいた。

「登生《とうい》くんからモデル交代《こうたい》のことを聞《き》きましたが、ショコラさんの様子《ようす》が気《き》になって」

「一星《いっせい》さん……」

私《わたし》がショックを受《う》けてること、わかったのかな。

一星《いっせい》さんは静《しず》かにイスを引《ひ》いて、私《わたし》の隣《となり》に座《すわ》った。

「私《わたし》も、美音《みおん》さんに代《か》わってもらった方《ほう》がいいと思《おも》います。……私《わたし》のせいで、登生《とうい》はいい表情《ひょうじょう》ができないから」

一星《いっせい》さんはキレイな黒《くろ》い瞳《ひとみ》で、じっと私《わたし》を見《み》つめて言《い》った。

「登生《とうい》くんと、何《なに》かありましたか」

その言葉《ことば》にドキッとして、口《くち》ごもる。

「それは……」

「いえ、無理《むり》して言《い》わなくていいんですよ。ただ、二人《ふたり》の様子《ようす》がおかしいのは、見《み》ていてもわかりますから」

「すみません」

謝《あやま》った私《わたし》に、一星《いっせい》さんは微笑《ほほえ》んだ。

「ショコラさんが謝《あやま》る必要《ひつよう》はありませんよ。知《し》ってのとおり、登生《とうい》くんは感覚《かんかく》で動《うご》くタイプです。ひらめいた時《とき》の登生《とうい》くんの情熱《じょうねつ》は、すべてを動《うご》かし、輝《かがや》かせる力《ちから》を持《も》っています。けれど、感覚《かんかく》や感情《かんじょう》に頼《たよ》っている分《ぶん》、心《こころ》が大《おお》きく揺《ゆ》れると、そのまま表《おもて》に出《で》てきてしまう」

一星《いっせい》さんは、遠《とお》くにいる登生《とうい》に目《め》を向《む》けた。

「……登生《とうい》くんはこれまで、自分《じぶん》がRipple《リップル》の服《ふく》を広《ひろ》めるのだと、使命感《しめいかん》を持《も》ってモデルの仕事《しごと》をしてきました。もちろん今《いま》でも、それが一番《いちばん》の原動力《げんどうりょく》でしょうが、ショコラさんに会《あ》って、変《か》わりました」

「変《か》わった？」

「初《はじ》めてショコラさんと二人《ふたり》でRipple《リップル》の撮影《さつえい》をした日《ひ》、登生《とうい》くんはこんな表情《ひょうじょう》もできるのかと、正直《しょうじき》、驚《おどろ》きました。ショコラさんといると、登生《とうい》くんから、これまで見《み》たことのない表情《ひょうじょう》が次々《つぎつぎ》と出《で》てくる。最近僕《さいきんぼく》は、それを見《み》るのが楽《たの》しみなんです」

瞳《ひとみ》をわずかに細《ほそ》めて、うれしそうに言《い》った。

……私《わたし》が、登生《とうい》の新《あたら》しい表情《ひょうじょう》を引《ひ》き出《だ》してる？

そんなこと、あるのかな。

「しかし、心《こころ》が感《かん》じるままに動《うご》く登生《とうい》くんのスタイルは、諸刃《もろは》の剣《つるぎ》です。良《よ》く出《で》ればいいけれど、悪《わる》く出《で》ると止《と》まらない。特《とく》にショコラさんのことで感情《かんじょう》が揺《ゆ》れる時《とき》は、なおさらです。登生《とうい》くんが輝《かがや》けるかどうかは、ショコラさん、あなたしだいなんですよ」

「私《わたし》、しだい……？」

私《わたし》は、すいこまれるように目《め》の前《まえ》のキレイな黒《くろ》い瞳《ひとみ》を見《み》つめていた。

そこに、浜島《はましま》さんがやってきて一星《いっせい》さんに声《こえ》をかけた。

「一星《いっせい》くん、美音《みおん》ちゃんの服《ふく》のことで相談《そうだん》があるから、ちょっと来《き》てくれる？」

「わかりました。……ではショコラさん、次《つぎ》の撮影《さつえい》まで、ゆっくりしていて下《くだ》さいね」

「はい」

一人《ひとり》になると、私《わたし》はさっきの話《はなし》を思《おも》い出《だ》していた。

登生《とうい》が良《よ》くなるのも、悪《わる》くなるのも、私《わたし》しだい……。

けど、今《いま》の私《わたし》には、登生《とうい》を輝《かがや》かせるなんて、無理《むり》だよ。

私《わたし》はうつむいて、唇《くちびる》をぎゅっとかみしめた。

急《きゅう》にモデルが私《わたし》から美音《みおん》さんに代《か》わって、現場《げんば》は忙《いそが》しそうだった。

とはいえ、登生《とうい》の一言《ひとこと》で撮影《さつえい》の内容《ないよう》が変《か》わることはよくあるし、おまけにモデルはおなじみの美音《みおん》さんだから、あっという間《ま》に準備《じゅんび》を終《お》えて、二人《ふたり》の撮影《さつえい》は始《はじ》まった。

そんな中《なか》、私《わたし》はイスに座《すわ》ってぼんやりと撮影《さつえい》を見《み》ていた。

登生《とうい》と写《うつ》ることになって、美音《みおん》さんはすごく喜《よろこ》んでた。

大好《だいす》きな登生《とうい》といっしょだから、一《ひと》つ一《ひと》つのポーズに気合《きあい》が入《はい》ってて、いつも以上《いじょう》に輝《かがや》いている。

うれしそうな美音《みおん》さんを見《み》てると、胸《むね》がチクチクする。

前《まえ》の撮影《さつえい》で、登生《とうい》がいっしょに写《うつ》る相手《あいて》を、美音《みおん》さんから私《わたし》に代《か》えたとき、美音《みおん》さんはわんわん泣《な》いてたっけ。

今《いま》ならその気持《きも》ち、すごくわかるよ。

お茶《ちゃ》を飲《の》んだら、撮影《さつえい》が終《お》わるまで、どこかで時間《じかん》をつぶそうかな。

そう思《おも》った時《とき》、上《うえ》から声《こえ》がした。

「あれ？　なんで美音《みおん》ちゃんがいるのー？」

「亜蓮《あれん》くん？」

「しかも、君《きみ》はヒマそうにお茶《ちゃ》飲《の》んでるし、どーなってるの？」

「その……、朝《あさ》の撮影《さつえい》は、私《わたし》から美音《みおん》さんに代《か》わったから」

「はっ？　美音《みおん》ちゃんって、今日《きょう》のロケに来《く》ることになってた？」

「ううん。さっき差《さ》し入《い》れ持《も》って、撮影《さつえい》を見《み》にきたの。それで登生《とうい》にRipple《リップル》のカタログに出《で》たいってお願《ねが》いしてて」

「へーえ、そこで強引《ごういん》にわりこんできたんだー？　美音《みおん》ちゃんってかわいい顔《かお》して、ガツガツくるよねー。あー、こわっ」

「美音《みおん》さんのこと、知《し》ってるの？」

「春《はる》にRipple《リップル》の撮影《さつえい》でいっしょになった。裏《うら》がありそーなコだなって、いい印象《いんしょう》なかったんだよねー。まぁ、それ言《い》ったら、ボクもそうとう腹黒《はらぐろ》いけどさ」

亜蓮《あれん》くんって、よく人《ひと》のこと見《み》てるんだな。

私《わたし》、はじめは美音《みおん》さんって、かわいくて、とてもいい子《こ》だと思《おも》ってたもん。そして亜蓮《あれん》くんは、意地悪《いじわる》そうな顔《かお》をして私《わたし》を見《み》た。

「で？　君《きみ》は、肉食系《にくしょくけい》の美音《みおん》ちゃんにとって代《か》わられちゃったんだ？」

「登生《とうい》がね、私《わたし》とじゃ、いい写真《しゃしん》が撮《と》れないから、美音《みおん》さんと撮《と》るって言《い》い出《だ》して」

すると、亜蓮《あれん》くんはあざけるようにハッと短《みじか》い息《いき》をもらした。

「出《で》たねー、おぼっちゃまのワガママ」

「ちがうの。今日《きょう》は私《わたし》のせいで、登生《とうい》はいい表情《ひょうじょう》ができなくなっちゃって」

言《い》いながら二人《ふたり》の様子《ようす》を見《み》ると、登生《とうい》はいつもどおりの自然《しぜん》な笑顔《えがお》で撮影《さつえい》をしている。

やっぱり、美音《みおん》さんとなら、笑顔《えがお》で写《うつ》れるんだ……。

「でもさー、登生《とうい》くんはプロのモデルなんだから、どんなことがあったって、誰《だれ》が相手《あいて》だって、最高《さいこう》の笑顔《えがお》で写《うつ》るのが仕事《しごと》でしょ。だからさ、君《きみ》がどうこうっていう前《まえ》に、そーゆーとこも、おぼっちゃまは、ワガママだってこと」

「亜蓮《あれん》くん……」

「ちょっと歩《ある》こーよ」

「歩《ある》く？」

「辛《つら》いんでしょ？　あの二人《ふたり》見《み》てるの」

「！」

亜蓮《あれん》くんは気《き》づいてたんだ。私《わたし》の気持《きも》ち。

驚《おどろ》いて顔《かお》を上《あ》げると、亜蓮《あれん》くんはにっと笑《わら》って、私《わたし》の手《て》をとった。

「ほら」

私《わたし》は手《て》を引《ひ》かれるまま、歩《ある》きだした。

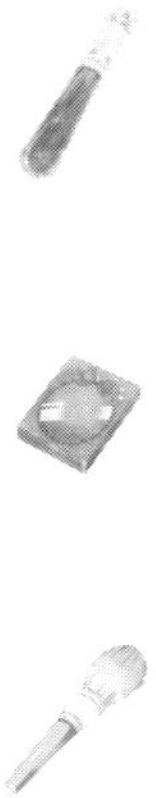

浜辺《はまべ》に沿《そ》った遊歩道《ゆうほどう》を歩《ある》いていくと、やがて白《しろ》い灯台《とうだい》が見《み》えてきた。

「きれいな灯台《とうだい》……」

「あの灯台《とうだい》、地元《じもと》ではけっこう有名《ゆうめい》なんだよねー。デートスポットにもなってるし」

「へえ……」

わかる気《き》がする。青《あお》い海《うみ》に白《しろ》い灯台《とうだい》って、ロマンチックだもんね。

私《わたし》たちは灯台《とうだい》の下《した》まで来《く》ると、手《て》すりにもたれながら、目《め》の前《まえ》に広《ひろ》がる海《うみ》を見《み》た。

しばらく二人《ふたり》で海《うみ》をながめていると、亜蓮《あれん》くんが口《くち》を開《ひら》いた。

「海《うみ》って、いーよね。広《ひろ》くて、どこまでも続《つづ》いてて、止《と》まることなくいつも動《うご》いてる。嫌《いや》なこととかさ、あの波《なみ》が全部《ぜんぶ》持《も》っていってくれそーじゃない？」

亜蓮《あれん》くんに言《い》われて、大《おお》きな波《なみ》が寄《よ》せたり引《ひ》いたりするのを見《み》ていると、少《すこ》しずつ、心《こころ》が落《お》ち着《つ》いてくる。

「嫌《いや》なこと……、全部《ぜんぶ》持《も》っていってくれたらいいのにね」

ぽろっと本音《ほんね》が出《で》ると、亜蓮《あれん》くんは私《わたし》の横顔《よこがお》をじっと見《み》つめた。

「君《きみ》ってさ、何《なに》か、心《こころ》に大《おお》きなものを抱《かか》えてるよね」

亜蓮《あれん》くんの言葉《ことば》に、はっとなる。

「そして、それは登生《とうい》くんにも言《い》えないんでしょ」

「！」

何《なに》もかも見透《みす》かされているようで、こわくなる。

「けど登生《とうい》くんのことだから、何《なに》も言《い》わないショコラに不信感《ふしんかん》を抱《いだ》いてる……、そんなとこ？」

「亜蓮《あれん》くん、なんでわかるの……？」

言《い》い当《あ》てられて、驚《おどろ》きが隠《かく》せない。

「なんとなくー？　けどさー、登生《とうい》くんも、ショコラが言《い》いたくないなら、そっとしておいてあげればいーのにね？　本当《ほんとう》に君《きみ》のことが大切《たいせつ》なら、そうするべきだよ」

「そんな」

「ボクは別《べつ》に、好《す》きな女《おんな》の子《こ》が正体《しょうたい》を隠《かく》したままだっていいよ。ミステリアスな方《ほう》がワクワクするしね？」

亜蓮《あれん》くんは、キレイなグレーの瞳《ひとみ》で、私《わたし》を見《み》つめてくる。

「登生《とうい》くんはさー、本当《ほんとう》にショコラのことが好《す》きなのか、自分《じぶん》でもわからないんじゃないの？」

「‼」

やっぱり……、そうなの？

私《わたし》も、心《こころ》のどこかで思《おも》ってた。

登生《とうい》は、ショコラのことがわからないって言《い》ってた。

ずっと避《さ》けられてるし、登生《とうい》は私《わたし》のこと、好《す》きじゃなくなったのかな。

心臓《しんぞう》が嫌《いや》な音《おと》をたてて脈打《みゃくう》つたびに、不安《ふあん》と寂《さび》しさが広《ひろ》がっていく。

私《わたし》も、登生《とうい》の心《こころ》がわからないよ。

「ショコラ」

呼《よ》ばれて顔《かお》を上《あ》げると、亜蓮《あれん》くんは手《て》をさしのべて言《い》った。

「ボクが君《きみ》の嫌《いや》なもの、全部《ぜんぶ》持《も》っていってあげようか？」

「え？」

いつもとちがう真剣《しんけん》なまなざしに、心《こころ》がさわぎ出《だ》す。

「ボクのところに、おいでよ」

神秘的《しんぴてき》なグレーの瞳《ひとみ》に、心《こころ》が持《も》っていかれそうになる。

その時《とき》だった。

「ショコラ！」

遠《とお》くから聞《き》こえてきた声《こえ》に、はっとなる。

「登生《とうい》？」

振《ふ》り返《かえ》ると、こっちに向《む》かって走《はし》ってくる登生《とうい》の姿《すがた》が目《め》に入《はい》った。

「いいタイミングで来《く》るねー」

亜蓮《あれん》くんが、皮肉《ひにく》っぽく笑《わら》いながら、さしのべた手《て》を下《お》ろす。

登生《とうい》は私《わたし》たちのところまでやってくると、息《いき》を切《き》らして言《い》った。

「ショコラ、なんで亜蓮《あれん》と二人《ふたり》で、こんなところにいるんだよ？」

「それは」

言《い》いかけた私《わたし》の言葉《ことば》をさえぎるように、亜蓮《あれん》くんが軽《かる》いノリで返《かえ》した。

「ちょっとデート？　なーんてね」

「えっ？」

一瞬《いっしゅん》、登生《とうい》は凍《こお》りついたようになったけど、

「登生《とうい》くんたち、撮影《さつえい》終《お》わったんだー？　じゃ、ボクも準備《じゅんび》しに行《い》こーっと」

亜蓮《あれん》くんは一人《ひとり》、遊歩道《ゆうほどう》の方《ほう》へ歩《ある》きだした。

けど、何《なに》かを思《おも》い出《だ》したように、振《ふ》り返《かえ》って私《わたし》を見《み》ると、

「そういえばさー、イヤリングつけてよ。せっかくプレゼントしたんだから」

亜蓮《あれん》くんの言葉《ことば》に、ドキッとなる。

このこと、登生《とうい》には聞《き》かれたくなかったのに。

「あ……、うん」

あいまいに答《こた》えた私《わたし》に、亜蓮《あれん》くんは微笑《ほほえ》んでから、行《い》ってしまった。

「昨日《きのう》つけてたイヤリング、亜蓮《あれん》からもらったのか」

登生《とうい》が苦々《にがにが》しくつぶやいた。

「あれはね、プレゼントっていうか、お礼《れい》としてもらっただけで……」

なんか、必死《ひっし》で言《い》い訳《わけ》してるみたいで、嫌《いや》だな。

「亜蓮《あれん》と、ずいぶん仲良《なかよ》くなったんだな」

「そんな、仲良《なかよ》しじゃないよ」

「……ショコラとふたりで、落《お》ち着《つ》いて話《はな》したい。とりあえず向《む》こうに戻《もど》ろう」

歩《ある》き始《はじ》めた登生《とうい》について、私《わたし》も歩《ある》きだした。

撮影現場《さつえいげんば》に戻《もど》ると、一星《いっせい》さんがスタッフさんに指示《しじ》を出《だ》していた。

「次《つぎ》の撮影《さつえい》は海辺《うみべ》でのバーベキューです。手《て》が空《あ》いた人《ひと》から、バーベキューのセッティングを手伝《てつだ》ってください。十一時《じゅういちじ》に撮影《さつえい》を開始《かいし》しますので、よろしくお願《ねが》いします」

みんなが、てきぱきと準備《じゅんび》にとりかかる中《なか》、ママの姿《すがた》を見《み》つけて、はっとなる。

そういえば、私《わたし》、十時《じゅうじ》に戻《もど》ってこいって、言《い》われてたっけ!?

テーブルに置《お》いてある時計《とけい》を見《み》れば、十時十五分《じゅうじじゅうごふん》を指《さ》している。

ママはメイク用具《ようぐ》の準備《じゅんび》をしながらも、キョロキョロして、ここあの私《わたし》を探《さが》しているみたいだった。

早《はや》くここあに戻《もど》らなくちゃ！

「登生《とうい》、ごめん。用事《ようじ》があったのを思《おも》い出《だ》して、少《すこ》しだけ待《ま》っててくれるかな。五分《ごふん》で終《お》わるから！」

「え？　用事《ようじ》って、今《いま》？　……わかったよ。昨日《きのう》行《い》った岩場《いわば》のところで待《ま》ってる」

「うん。すぐに行《い》くから」

もう、ショコラになったりここあに戻《もど》ったり、忙《いそが》しいよ！

私《わたし》は走《はし》って荷物置《にもつお》き場《ば》に行《い》くと、コスメボックスを手《て》に、ホテルへと向《む》かった。

ホテルのトイレでこっそりと、ちぇるし〜にここあの姿《すがた》に戻《もど》してもらうと、いそいでママのところへ行《い》った。

「ママ！」

「ここあ、やっと来《き》たわね！　長《なが》い時間《じかん》待《ま》たせて悪《わる》かったわ。スタッフの松本《まつもと》さんが駅《えき》まで送《おく》ってくれるそうだから」

「そのことだけど、さっきホテルの近《ちか》くを走《はし》り込《こ》みしてたら、バス停《てい》を見《み》つけたんだ！　駅《えき》まで行《い》けるらしいから、一人《ひとり》で帰《かえ》れるよ！　みんな忙《いそが》しいと思《おも》うし、私《わたし》は大丈夫《だいじょうぶ》だから！」

「本当《ほんとう》に？　よかったわ。じゃあ、気《き》をつけて帰《かえ》るのよ。あ、ここあのリュックは荷物置《にもつお》き場《ば》にあるから、持《も》っていって」

「はーい」

ママに言《い》われたとおり、荷物置《にもつお》き場《ば》のテーブルに来《く》ると、

「あら、ここあちゃん、もう帰《かえ》るの？」

そばにいたスタッフさんに声《こえ》をかけられて、笑顔《えがお》で返《かえ》す。

「はい。お世話《せわ》になりました！」

私《わたし》はいそいで自分《じぶん》のリュックを背負《せお》って、またショコラに変身《へんしん》するためにホテルへと戻《もど》ろうとした時《とき》だった。

「ねー、ちょっと待《ま》って」

「え？」

呼《よ》び止《と》められて振《ふ》り返《かえ》ると、そこには亜蓮《あれん》くんがいた。

「レイコさんの娘《むすめ》さんだっけ？　君《きみ》が持《も》ってるコスメボックスって、ショコラのだよね？」

「あっ」

はっとして、手《て》に持《も》っていたコスメボックスに目《め》をやる。

そっか、亜蓮《あれん》くんはショコラのものだと思《おも》ってるんだ。

「人《ひと》のもの持《も》っていっちゃ、ダメでしょー」

「えっと……、その、ショコラちゃんに持《も》っていこうかなって」

「君《きみ》、もう帰《かえ》るんだよね？　いまショコラはいないし、ボクが渡《わた》すからいいよ」

そう言《い》って、ひょいとコスメボックスを私《わたし》の手《て》から取《と》り上《あ》げた。

「え？　ちょっと、返《かえ》して！」

「返《かえ》してって、これショコラのだし。しかも、すごく大事《だいじ》なものだって言《い》ってたから。ボクが責任《せきにん》もって渡《わた》すから大丈夫《だいじょうぶ》」

「でも」

「何《なに》か、まずいことでもあった？」

「うっ……」

どうしよう、亜蓮《あれん》くんの言《い》うとおり、ここあの私《わたし》が持《も》ってる理由《りゆう》が見《み》つからない。

必死《ひっし》で頭《あたま》を動《うご》かしてみたものの、何《なに》も言《い》えなくなった私《わたし》に、

「じゃーね」

意地悪《いじわる》そうに笑《わら》って、コスメボックスを持《も》っていってしまう。

「え？　え？」

どうしよう!?

コスメボックスを持《も》っていかれたら、私《わたし》、変身《へんしん》できないよ――!?

10 コスメボックス、危機《きき》一髪《いっぱつ》！

「どうしよう、どうしよう⁉」

亜蓮《あれん》くんはコスメボックスを持《も》って、どこかへ行《い》ってしまった。

早《はや》くショコラに変身《へんしん》しないと、登生《とうい》も待《ま》ってるし、このあと撮影《さつえい》もあるんだよ？

撮影現場《さつえいげんば》を見《み》れば、バーベキューの準備《じゅんび》がどんどん進《すす》んでいて、あたりには炭《すみ》の匂《にお》いが広《ひろ》がっている。

「坂田《さかた》さん、アウトドアの達人《たつじん》ですね！」

「学生《がくせい》の頃《ころ》、写真《しゃしん》を撮《と》るために、日本各地《にほんかくち》をアウトドアしながら回《まわ》ったんだ。バーベキューくらい、お手《て》の物《もの》だよ」

「へぇ、どうりで。この調子《ちょうし》ならすぐに火《ひ》もつきそうだし、早《はや》めに撮影終《さつえいお》えて、そのままみんなでバーベキューしたいですね」

「それ、いいな。おーい、一星《いっせい》くん！　あとちょっとで準備《じゅんび》できそうだし、早《はや》めに撮影入《さつえいはい》れないかな」

「そうですね……、では二十分《にじっぷん》ほど前倒《まえだお》しましょうか。みなさんに伝《つた》えてきます」

えっ？　二十分前倒《にじっぷんまえだお》しって、やばいよ！

私《わたし》はあせって、登生《とうい》の待《ま》っている岩場《いわば》を見《み》た。

どうしよう、今《いま》、私《わたし》はショコラじゃないけど、登生《とうい》が待《ま》ってる岩場《いわば》に行《い》かなくちゃ！


そっと岩場《いわば》をのぞくと、登生《とうい》は昨日《きのう》と同《おな》じ場所《ばしょ》で一人《ひとり》、座《すわ》って海《うみ》をながめていた。

登生《とうい》の後《うし》ろ姿《すがた》が寂《さび》しく見《み》えて、私《わたし》もせつなくなる。

近《ちか》づいていくと、私《わたし》の気配《けはい》に気《き》づいて、登生《とうい》がぱっと振《ふ》り返《かえ》る。

「ショコラ？　……あ、ここあか」

来《き》たのがここあだったから、登生《とうい》は残念《ざんねん》そうな顔《かお》をした。

それを見《み》ると、胸《むね》がチクッとする。

すると、登生《とうい》は笑顔《えがお》で話《はな》しかけてくれた。

「ここあ、どうしてここに？」

「あ……」

私《わたし》はとっさに、スタッフさん達《たち》の会話《かいわ》を思《おも》い出《だ》した。

「あのね、バーベキューの準備《じゅんび》が思《おも》ったよりも早《はや》くできたから、撮影《さつえい》が二十分前倒《にじっぷんまえだお》しになるんだって」

「そっか。伝《つた》えにきてくれて、ありがとな」

そう言《い》って、また登生《とうい》は海《うみ》の方《ほう》を向《む》いた。

「登生《とうい》くんは、何《なに》してるの？」

なにげないふりをして聞《き》くと、海《うみ》を見《み》たままつぶやいた。

「人《ひと》を待《ま》ってたんだけど……、もう来《こ》ないかもしれない」

「！」

登生《とうい》の言葉《ことば》に、ズキンと胸《むね》に痛《いた》みが走《はし》る。

登生《とうい》、私《わたし》はここにいるよ。ここに、いるのに……。

口《くち》にできない思《おも》いを抱《かか》えながら、私《わたし》は登生《とうい》の隣《となり》に座《すわ》った。

私《わたし》たちは黙《だま》ったまま海《うみ》をながめていたけど、しばらくして、登生《とうい》は手近《てぢか》にあった小《ちい》さな石《いし》を、海《うみ》に向《む》かって投《な》げた。

「すごく大事《だいじ》な人《ひと》に……、大《おお》きな隠《かく》しごとをされたらさ」

「え？」

いきなり切《き》り出《だ》されて、ドキリとした。

「それって、俺《おれ》のこと信《しん》じてないってことだよな」

「！」

登生《とうい》の本音《ほんね》に、ショックが隠《かく》せない。

「そんなことは……、ないと思《おも》うけど」

かすれた声《こえ》で返《かえ》すのがやっとだった。

「そうかな。俺《おれ》のこと信《しん》じてたら、なんだって言《い》えると思《おも》わねーか？　俺《おれ》は大事《だいじ》な人《ひと》に隠《かく》しごとなんてしない」

登生《とうい》のまっすぐな気持《きも》ちが、痛《いた》いほど伝《つた》わってくる。

私《わたし》も知《し》ってるよ。

登生《とうい》はいつだって自分《じぶん》の気持《きも》ちに正直《しょうじき》で、隠《かく》しごとなんてしない。

けど、私《わたし》は隠《かく》し通《とお》すしかないから……。

「大事《だいじ》な人《ひと》だから、言《い》えないこともあるんじゃないかな……」

つい、押《お》しこめていた気持《きも》ちが、口《くち》から出《で》てしまう。

「え？」

登生《とうい》は、はっとして私《わたし》の横顔《よこがお》を見《み》る。

そう、登生《とうい》のことが大好《だいす》きだから、言《い》えないんだよ。

私《わたし》はぎゅっと膝《ひざ》を抱《かか》えた。

「……ショコラ？」

登生《とうい》は、私《わたし》の横顔《よこがお》をじっと見《み》つめている。

「え？」

「あ……、ごめん。なぜか今《いま》、ここあがショコラに見《み》えて」

「！」

心臓《しんぞう》がドクンと音《おと》をたてて鳴《な》った。

まさか、登生《とうい》は気《き》づいてないよね？

大《おお》きくなっていく自分《じぶん》の鼓動《こどう》を聞《き》きながら、ただ、登生《とうい》を見《み》つめていた。

「あっ、登生《とうい》！　こんなところにいたぁ！　もうすぐ休憩終《きゅうけいお》わるよーっ？」

後《うし》ろから、美音《みおん》さんの明《あか》るい声《こえ》が響《ひび》いて、はっと我《われ》に返《かえ》った。

「わかった。行《い》くよ」

登生《とうい》はため息《いき》をついて立《た》ち上《あ》がると、

「でねー、さっきからショコラちゃんがいないらしくて、みんなで探《さが》してるの。けど、ショコラちゃんがいないなら、もう三人《さんにん》で撮《と》ればいいと思《おも》わない？」

うそ、みんながショコラを探《さが》してるの？

「……ショコラがいないって、どういうことだよ!?」

「えー？　知《し》らなーい。荷物《にもつ》はあるから、帰《かえ》ったわけじゃないと思《おも》うけど。ショコラちゃんって、ホントにモデルとしての自覚《じかく》が足《た》りないよねっ？」

「俺《おれ》、探《さが》してくる」

そう言《い》って、登生《とうい》は走《はし》り出《だ》した。

「あー、もう、登生《とうい》ってば。あんな子《こ》、ほっとけばいいのにー」

むくれた美音《みおん》さんをよそに、私《わたし》もいそいで浜辺《はまべ》へ向《む》かって走《はし》り出《だ》した。

「ショコラちゃん、まだ見《み》つからない？」

「さっきまでいたんだけど、もしかして、また具合悪《ぐあいわる》くなっちゃったのかなぁ」

「けど、部屋《へや》はチェックアウトしてあるし、ロビーにもいなかったよな？」

撮影現場《さつえいげんば》では、やっぱりみんながショコラを探《さが》していた。

やばいよ、すぐにショコラに変身《へんしん》しないと！

こうなったら力《ちから》づくでも、亜蓮《あれん》くんからコスメボックスを返《かえ》してもらわなくちゃ！

私《わたし》はあたりを見渡《みわた》して亜蓮《あれん》くんを探《さが》す。

するとロケバスのところで、登生《とうい》と亜蓮《あれん》くんが話《はな》しているのを見《み》つけた。

「亜蓮《あれん》！　ショコラはどこだよ？」

登生《とうい》はつかみかかるようにして言《い》った。

「ショコラ？　知《し》らないよ」

「さっき用事《ようじ》があるからって……、亜蓮《あれん》といっしょにいたんじゃないのか？」

「なんのこと？」

「じゃあ、ショコラはどこにいったんだよ？」

登生《とうい》はつぶやいて、ショコラを探《さが》しに走《はし》り出《だ》した。

「一体《いったい》、何《なに》があったわけ？」

何《なに》も知《し》らない亜蓮《あれん》くんが、ぼやいた。

その手元《てもと》には、やっぱりコスメボックスがある！

私《わたし》は亜蓮《あれん》くんの前《まえ》に立《た》つと、面《めん》と向《む》かってはっきり言《い》った。

「亜蓮《あれん》くん、コスメボックスを返《かえ》して」

「あれ、君《きみ》、まだいたのー？　だから、これはショコラのものだって」

「だったら亜蓮《あれん》くんが持《も》ってるのもおかしいでしょ？　私《わたし》が持《も》っていくから、返《かえ》して。シヨコラちゃん本人《ほんにん》に頼《たの》まれたから」

「本人《ほんにん》に？」

亜蓮《あれん》くんは疑《うたが》ってるけど、私《わたし》は大《おお》きくうなずいた。

私《わたし》がショコラなんだから、嘘《うそ》じゃないもん。

けど、亜蓮《あれん》くんは意地悪《いじわる》そうに微笑《ほほえ》んで、コスメボックスを私《わたし》の目《め》の前《まえ》に掲《かか》げた。

「ねー、ショコラも君《きみ》も、どうして何《なに》も入《はい》っていないコスメボックスに執着《しゅうちゃく》するの？　ますます興味《きょうみ》出《で》てくるよねー？」

「興味《きょうみ》……？」

「ショコラが隠《かく》したがる秘密《ひみつ》が、ここにあるような気《き》がしてさ」

うっ！　亜蓮《あれん》くんって、ホントに鋭《するど》い！

「誰《だれ》だって好《す》きな子《こ》のことを知《し》りたくなるのは、当然《とうぜん》でしょ」

「えっ!?」

私《わたし》はかあっと赤《あか》くなって、動《うご》きが止《と》まってしまった。

好《す》きな子《こ》って、亜蓮《あれん》くんはショコラが好《す》きなの!?

言《い》われてみれば、いろいろ思《おも》い当《あ》たることがあったような……、って、今《いま》はそれどころじゃなかった！

早《はや》く返《かえ》してもらわなくちゃ、ショコラにもなれないし、これ以上《いじょう》亜蓮《あれん》くんがコスメボックスを持《も》っているのは危険《きけん》な気《き》がしてきた。

こうなったら最終手段《さいしゅうしゅだん》だよ！

「亜蓮《あれん》くん、ごめんね！」

「え？」

先《さき》に謝《あやま》ってから、私《わたし》はすばやく亜蓮《あれん》くんの腕《うで》をひねって関節技《かんせつわざ》をしかけると、

「わ、何《なに》!? いたた！」

亜蓮《あれん》くんは痛《いた》みに顔《かお》をゆがめて、ぽろっと手《て》に持《も》っていたコスメボックスを落《お》とした。

やった！

地面《じめん》に落《お》ちた衝撃《しょうげき》で、コスメボックスがぱかっと開《ひら》くと、七色《なないろ》の煙《けむり》が出《で》てきて一気《いっき》に亜《あ》蓮《れん》くんを包《つつ》みこんだ！

「うわ、なに、この煙《けむり》!?」

これって……、もしかして！

「ここあ、今《いま》のうちにコスメボックスを！」

耳元《みみもと》でちぇるし～がささやいた。

「ちぇるし～！　ありがと！」

亜蓮《あれん》くんが七色《なないろ》の煙《けむり》に巻《ま》きこまれているうちに、私《わたし》はさっとコスメボックスを拾《ひろ》うと、逃《に》げるようにその場《ば》を走《はし》り出《だ》した。

早《はや》く変身《へんしん》したくて、私《わたし》は誰《だれ》もいない岩場《いわば》の奥《おく》で身《み》を隠《かく》した。

「ちぇるし～、さっきはありがとう！　ここでショコラになってもいい？　今《いま》なら誰《だれ》もいないし」

「わかった！　じゃあすぐにショコラに変身《へんしん》しよう！　いくよ、ちぇるし～の、魔法《まほう》！」

ちぇるし～のうずまきキャンディから出《で》てきた七色《なないろ》のうずが、今度《こんど》は私《わたし》を包《つつ》みこんでいく。甘《あま》いキャンディの香《かお》りが消《き》えると、私《わたし》は無事《ぶじ》、ショコラになっていた。

「よかった……！　ちぇるし～、ありがとう。私《わたし》、行《い》ってくる！」

「うん！　がんばって！」

コスメボックスを閉《と》じて、岩場《いわば》を出《で》ようとした時《とき》だった。

「あっ、ショコラ⁉」

ちょうど岩場《いわば》を探《さが》しにきた登生《とうい》と、ばったり出会《であ》ってしまった。

登生《とうい》は肩《かた》で息《いき》をしながら、驚《おどろ》いた顔《かお》で私《わたし》を見《み》ている。

「ずっと、ここにいたのか？」

「ごめん、もう撮影《さつえい》が始《はじ》まるよね？　すぐに行《い》くよ」

言《い》い終《お》わらないうちに、登生《とうい》は腕《うで》をのばして私《わたし》を抱《だ》きしめた。

「登生《とうい》？」

いきなり抱《だ》きしめられて、頭《あたま》の中《なか》が真《ま》っ白《しろ》になる。

押《お》しあてられた登生《とうい》の大《おお》きな胸《むね》から、ドクドクと速《はや》い心臓《しんぞう》の音《おと》が聞《き》こえる。

きっと、全力《ぜんりょく》で走《はし》って探《さが》してくれたんだ。

「よかった……。また何《なに》かあったのかって、心配《しんぱい》した」

「何《なに》か、って？」

「前《まえ》にも一人《ひとり》、部屋《へや》に閉《と》じ込《こ》められてたりしてただろ？　いなくなったって聞《き》いて、いてもたってもいられなくなった」

「ごめんね、心配《しんぱい》かけて。私《わたし》は大丈夫《だいじょうぶ》だよ」

「……俺《おれ》、ショコラに振《ふ》り回《まわ》されっぱなしだ。ショコラに会《あ》えるとすっげーうれしいし、ショコラに隠《かく》しごとされると、へこみまくって撮影《さつえい》どころじゃなくなるし、ショコラと亜《あ》蓮《れん》が仲《なか》いいと、すっげーむかつくし、ショコラがいなくなると、心配《しんぱい》して全力《ぜんりょく》で走《はし》ったりしてさ……」

「ごめんなさい……」

「謝《あやま》るなよ。それだけショコラのことが好《す》きってだけなんだ。……もう、ショコラが俺《おれ》に言《い》えないことあったって、いいよ。この気《き》持《も》ちだけは本物《ほんもの》だから」

まっすぐに思《おも》ってくれる登生《とうい》の気《き》持《も》ちが胸《むね》に響《ひび》いて、うれしさで涙《なみだ》がにじんだ。

「私《わたし》も、登生《とうい》が大好《だいす》きだよ……！　言《い》えないことがあるって辛《つら》いけど、それでも好《す》きなの」

登生《とうい》は抱《だ》きしめていた腕《うで》をそっと離《はな》して、私《わたし》と正面《しょうめん》から、まっすぐに向《む》き合《あ》う。

そして、ほおに流《なが》れる私《わたし》の涙《なみだ》を優《やさ》しく指《ゆび》でぬぐってから、微笑《ほほえ》んだ。

「俺《おれ》、待《ま》つよ。いつか言《い》ってくれる日《ひ》が来《く》るまで」

「登生《とうい》……」

「でも約束《やくそく》してほしい。言《い》いたくないことは言《い》わなくていいけど、俺《おれ》に嘘《うそ》はつかないでくれ」

「うん、約束《やくそく》する。……登生《とうい》、ありがとう」

すると、登生《とうい》はいつものまぶしい笑顔《えがお》になって言《い》った。

「さ、じゃ、撮影《さつえい》に行《い》こうぜ！　みんなが待《ま》ってる」

「うん！」

登生《とうい》は私《わたし》の手《て》をとってぎゅっと力強《ちからづよ》く握《にぎ》って走《はし》り出《だ》した。

この感《かん》じ、久《ひさ》しぶりだな。

登生《とうい》にいつものワクワクとドキドキにあふれた輝《かがや》きが戻《もど》ってきて、私《わたし》もうれしくなる。

私《わたし》たち、……きっともう、大丈夫《だいじょうぶ》だよね！

11 アクアマリンの誓《ちか》い

「美音《みおん》ちゃんとショコラちゃん、バーベキューの串《くし》をほおばって……、あっ、本当《ほんとう》に食《た》べないでくれよ？　メイクが落《お》ちるから」

坂田《さかた》さんの言葉《ことば》に笑《わら》いながら、私《わたし》たちは口《くち》を開《あ》けて食《た》べるふりをした。

「亜蓮《あれん》くん、Ｔ《ティー》シャツのロゴを見《み》せたいから、もう少《すこ》しコップを持《も》つ手《て》を下《さ》げて」

「はーい」

「登生《とうい》くん、肉《にく》をひっくり返《かえ》しながら、目線《めせん》はこっちにくれる？」

「ちょっと待《ま》って、火《ひ》が強《つよ》くて肉《にく》が焦《こ》げそうなんだって！　坂田《さかた》さん、早《はや》く！」

登生《とうい》のあわてた声《こえ》に、見《み》ているスタッフから笑《わら》いがおきる。

「ムシムシした六月《ろくがつ》に、秋服着《あきふくき》て、火《ひ》のそばに立《た》つのはヤダなー。ボク、こっちに立《た》ってよーっと」

そう言《い》って、亜蓮《あれん》くんは、立《た》ち位置《いち》を火《ひ》から遠《とお》い方《ほう》へと変《か》える。

「亜蓮《あれん》、ずるいぞ！　いっしょに焼《や》けよ」

「やだねー。暑《あつ》くてメイクが崩《くず》れちゃうしー」

「登生《とうい》、暑《あつ》いでしょっ？　美音《みおん》がうちわであおいであげるー」

美音《みおん》さんは、はりきって火《ひ》の前《まえ》にいる登生《とうい》をあおいだ。

「いいね、この感《かん》じ。じゃあ自然《しぜん》なカットも撮《と》っていこうか。みんな自由《じゆう》に動《うご》いていいよ」

坂田《さかた》さんに言《い》われて、私《わたし》たちは立《た》ち位置《いち》を気《き》にせずに、動《うご》き始《はじ》めた。

美音《みおん》さんといっしょに野菜《やさい》や肉《にく》を串《くし》に刺《さ》したり、亜蓮《あれん》くんと登生《とうい》といっしょにチェアに座《すわ》ってジュースで乾杯《かんぱい》したり。

「うん、みんな楽《たの》しそうでいいね！　どんどん撮《と》るよー」

坂田《さかた》さんもうれしそうに、バシャバシャとシャッターを切《き》っていく。

こうしていると、本当《ほんとう》にみんなでバーベキューに来《き》たみたいで、すごく楽《たの》しい！

ふと、お肉《にく》を焼《や》いている登生《とうい》と目《め》が合《あ》うと、私《わたし》の大好《だいす》きな笑顔《えがお》を返《かえ》してくれる。

私《わたし》が登生《とうい》の前《まえ》に紙皿《かみざら》を差《さ》し出《だ》すと、よく焼《や》けておいしそうなお肉《にく》をのせてくれた。

「これ、早《はや》く食《く》いたいよなー」

「私《わたし》も！」

私《わたし》たちが笑《わら》い合《あ》っていると、坂田《さかた》さんがカメラを向《む》けてきた。

「ショコラちゃん、いい表情《ひょうじょう》だね。その調子《ちょうし》で！」

登生《とうい》の笑顔《えがお》が隣《となり》にあれば、こわいものなしだよ！

それは登生《とうい》も同《おな》じなのかな？

だって今《いま》、登生《とうい》もすっごく楽《たの》しそうに笑《わら》ってるもん。

亜蓮《あれん》くんは、どんな時《とき》も、誰《だれ》が相手《あいて》でも、カメラの前《まえ》では最高《さいこう》の笑顔《えがお》でいるのがプロだって言《い》ってたけど、そこまでなるには、まだまだかかりそう。

けど、今《いま》、最高《さいこう》に楽《たの》しくてハッピーなこの気持《きも》ちは、きっと写真越《しゃしんご》しにも伝《つた》わってるよね？

「よし、OK《オーケー》！　みんな楽《たの》しそうでよかったよ。すぐにチェックしてくるから」

「俺《おれ》も見《み》るよ」

「じゃ、みんなで見《み》るかい？」

そう言《い》われて、私《わたし》たちはモニターの画面《がめん》に見入《みい》った。

スタッフさん達《たち》もやってきて、いっしょに撮《と》った写真《しゃしん》を見《み》ていく。

「わぁ、すごくいいんじゃない？」

「みんないい表情《ひょうじょう》ね。バーベキューのシチュエーションにしてよかったわ」

「それぞれの個性《こせい》が出《で》ていて、いいよ」

私《わたし》も次《つぎ》から次《つぎ》へと出《で》てくる写真《しゃしん》を見《み》て、思《おも》わず笑顔《えがお》になる。

朝《あさ》、登生《とうい》と二人《ふたり》で撮《と》った、暗《くら》い表情《ひょうじょう》の写真《しゃしん》とは全然《ぜんぜん》ちがう。

みんなの楽《たの》しそうな表情《ひょうじょう》と雰囲気《ふんいき》は、写真越《しゃしんご》しにもバッチリ伝《つた》わってきて、私《わたし》もうれしくなった。

この写真《しゃしん》ならきっと、カジュアルでポップなRipple《リップル》にぴったりの秋《あき》カタログができるよね！

「さぁ、撮影《さつえい》も終《お》わりましたので、片付《かたづ》けたら、バーベキューを始《はじ》めましょう。撮影後《さつえいご》にみんなで食《た》べるようにと、社長《しゃちょう》から全員分《ぜんいんぶん》の食材《しょくざい》が届《とど》いていますから」

一星《いっせい》さんの声《こえ》に、スタッフさんたちから、わっと声《こえ》が上《あ》がる。

「マジで？　親父《おやじ》、ナイス！　じゃ、すぐ着替《きが》えてくる！」

登生《とうい》はうれしそうに着替《きが》えに行《い》った。

すると、一星《いっせい》さんが私《わたし》にそっと声《こえ》をかけてくれた。

「ショコラさん、登生《とうい》くんと仲直《なかなお》りしたんですね？」

「はい」

私《わたし》は少《すこ》し照《て》れながらうなずく。

きっと、何《なに》もかもお見通《みとお》しなんだろうな。

「ありがとうございます。ショコラさんのおかげで、登生《とうい》くんにいつもの輝《かがや》きが戻《もど》りました。……いや、いつも以上《いじょう》、かもしれませんね。最後《さいご》には、最高《さいこう》の写真《しゃしん》が撮《と》れましたし」

一星《いっせい》さんの言葉《ことば》に、うれしくなる。

「これからも、ショコラさんが登生《とうい》くんを輝《かがや》かせてくれるといいのですが。けれどそれはショコラさんも同《おな》じですね。あなたも登生《とうい》くんといると、どんどん魅力的《みりょくてき》な表情《ひょうじょう》が出《で》てくる。僕《ぼく》を驚《おどろ》かせるほどにね」

一星《いっせい》さんが美《うつく》しすぎる微笑《ほほえ》みを私《わたし》に向《む》けたから、ドキーンと心臓《しんぞう》が高鳴《たかな》る。

この笑顔《えがお》を見《み》たら、誰《だれ》だってドキドキしちゃうよね!?

そうして、私《わたし》も着替《きが》えにいこうとすると、前《まえ》にいた亜蓮《あれん》くんと目《め》が合《あ》った。

「コスメボックス、あの子《こ》から受《う》け取《と》った？」

一瞬《いっしゅん》、ヒヤッとしたけど、平気《へいき》な顔《かお》をして言《い》った。

「うん。ここあちゃんが持《も》ってきてくれたよ」

「驚《おどろ》いたよ。あの子《こ》、見事《みごと》な関節技《かんせつわざ》で、ボクからコスメボックスを奪《うば》っていったんだから」

「そう、なんだ……」

苦笑《にがわら》いをしながら、心《こころ》の中《なか》で謝《あやま》る。

亜蓮《あれん》くん、ホントにごめんなさい！

「君《きみ》のことも、コスメボックスのこともよくわからないままだけど、お楽《たの》しみはとっておくのも悪《わる》くないかなーって」

「お楽《たの》しみ？」

「謎《なぞ》があったほうが、恋《こい》は長続《ながつづ》きするっていうしね？」

亜蓮《あれん》くんはいたずらっぽく笑《わら》ってウインクした。

恋《こい》って……、そういえば亜蓮《あれん》くん、ショコラのことが好《す》きって言《い》ってたっけ？

今《いま》さら思《おも》い出《だ》して、ドキドキしてくる。

「ねー、さっきコスメボックスから、きれいな七色《なないろ》の煙《けむり》が出《で》てきた気《き》がするけど、もしかして、それって玉手箱《たまてばこ》なの？」

「玉手箱《たまてばこ》？」

亜蓮《あれん》くんの言葉《ことば》に、思《おも》わず笑《わら》いそうになった。

けど、七色《なないろ》の光《ひかり》のうずで、美少女《びしょうじょ》のショコラに変身《へんしん》しちゃうコスメボックスは、玉手箱《たまてばこ》と似《に》たようなものかも、ね？

「女《おんな》の子《こ》のコスメボックスにはね、秘密《ひみつ》がいっぱいつまってるんだよ」

なんて言《い》ってから、私《わたし》も亜蓮《あれん》くんに小《ちい》さくウインクした。

海辺《うみべ》でのバーベキューは、すっごくおいしくて、お腹《なか》いっぱいになるまで食《た》べちゃった。

私《わたし》の食《た》べっぷりに、亜蓮《あれん》くんはモデルらしくないねって、あきれてた。

そういう亜蓮《あれん》くんは、美容《びよう》のために野菜《やさい》をたくさん食《た》べてから、鶏肉《とりにく》をちょっと食《た》べただけなんだって。さすがだよね！

登生《とうい》はお肉《にく》も野菜《やさい》も、どんどん食《た》べてた。登生《とうい》って、細身《ほそみ》だけど、けっこうたくさん食《た》べるんだ！

美音《みおん》さんはお肉《にく》が大好《だいす》きらしくて、たくさん食《た》べたあとに、明日《あした》からダイエットしなきゃ、って反省《はんせい》してた。

楽《たの》しい時間《じかん》はあっという間《ま》に過《す》ぎて、美音《みおん》さんは食《た》べ終《お》わるとすぐに横浜《よこはま》の撮影《さつえい》へと向《む》かった。

神奈川《かながわ》に住《す》んでいる亜蓮《あれん》くんは、そのまま一人《ひとり》で帰《かえ》っていった。

スタッフのみんなも、片付《かたづ》け終《お》えて、ポツポツと帰《かえ》りだす。

まだお昼《ひる》の一時半《いちじはん》だし、登生《とうい》はどうするのかなって、ちらっと見《み》たけど。

「登生《とうい》くん、四時《よじ》から新商品《しんしょうひん》の企画会議《きかくかいぎ》がありますが、社長《しゃちょう》は登生《とうい》くんにも出《で》てほしいと言《い》っていましたよ。このまま向《む》かってもいいですか」

「ああ。俺《おれ》も行《い》くよ。今年《ことし》の冬《ふゆ》はどんなものが来《く》るか、楽《たの》しみだよな」

登生《とうい》は目《め》を輝《かがや》かせながら、一星《いっせい》さんと話《はな》している。

あいかわらず登生《とうい》は、Ripple《リップル》のことで頭《あたま》がいっぱいみたい。

「では、まだやることがありますので、もう少《すこ》し待《ま》っていてください」

「わかった」

すると、登生《とうい》は少《すこ》し離《はな》れて見《み》ていた私《わたし》に気《き》づいて、こっちに来《き》てくれた。

「ショコラ、まだ時間《じかん》ある？」

「うん。大丈夫《だいじょうぶ》だよ」

「少《すこ》し歩《ある》こう」

そう言《い》って、登生《とうい》は私《わたし》の手《て》をとって歩《ある》きだした。

私《わたし》たちは、緑《みどり》に囲《かこ》まれたホテルの遊歩道《ゆうほどう》を二人《ふたり》で歩《ある》いていた。

すると、結婚式《けっこんしき》のあった白《しろ》いチャペルが見《み》えてきて、

「あ……！」

思《おも》わず足《あし》を止《と》めたから、登生《とうい》が振《ふ》り返《かえ》った。

「ショコラ？」

「昨日《きのう》、あのチャペルで結婚式《けっこんしき》があったんだ。ぐうぜん通《とお》りかかったら、ちょうどフラワーシャワーをやってて、素敵《すてき》だったなぁ」

思《おも》い出《だ》すだけで、幸《しあわ》せな気持《きも》ちが胸《むね》に広《ひろ》がる。

そんな私《わたし》を見《み》て、

「今《いま》から行《い》ってみようぜ」

「え？」

登生《とうい》は、私《わたし》の手《て》を引《ひ》いて走《はし》り出《だ》した。

重《おも》いチャペルの扉《とびら》を引《ひ》くと、ギイっと音《おと》をたてて開《ひら》いた。

「開《あ》いてるな」

そっとのぞいてみると、中《なか》には誰《だれ》もいなくて、しんとしていた。

二人《ふたり》でこっそりチャペルに入《はい》ると、

「わぁ、キレイ……！」

正面《しょうめん》の大《おお》きなステンドグラスから、色鮮《いろあざ》やかな光《ひかり》が差《さ》しこんでいた。

天井《てんじょう》も壁《かべ》も床《ゆか》も、ぜんぶ真《ま》っ白《しろ》で、まぶしいくらい。

ここで永遠《えいえん》の愛《あい》を誓《ちか》えたら、ステキだろうな。

私《わたし》は正面《しょうめん》の十字架《じゅうじか》の前《まえ》まで、ゆっくりと歩《ある》いていく。

祭壇《さいだん》の前《まえ》で立《た》ち止《ど》まると、自然《しぜん》と手《て》を組《く》んで祈《いの》っていた。

……これからも、ずっと登生《とうい》といっしょにいられますように。

すると、登生《とうい》が横《よこ》にやってきて、

「願《ねが》い事《ごと》してた？」

「うん」

「せっかくだから、俺《おれ》も」

登生《とうい》も、私《わたし》の隣《となり》で手《て》を組《く》んでお願《ねが》い事《ごと》をした。

……登生《とうい》は、どんなお願《ねが》い事《ごと》をしてるのかな。

そして、組《く》んだ手《て》をほどくと、登生《とうい》は私《わたし》に明《あか》るく話《はな》しかけた。

「ショコラ、二日間《ふつかかん》、お疲《つか》れ様《さま》。一泊《いっぱく》だったし、家《いえ》にお土産《みやげ》でも買《か》ってけば……って、ゴメン、そういうの、ナシだったな」

登生《とうい》はあわてて口《くち》をつぐんだ。

私《わたし》のために、聞《き》かないようにしてくれてるんだ。

ごめんね。

やっぱり、いつまでも、登生《とうい》にこんな思《おも》いをさせたくないよ。

私《わたし》は覚悟《かくご》を決《き》めて、登生《とうい》をまっすぐに見《み》て言《い》った。

「……雪月《ゆきづき》ショコラ。十六歳《じゅうろくさい》、高校一年生《こうこういちねんせい》。埼玉《さいたま》に住《す》んでいて、家族《かぞく》はお母《かあ》さんと私《わたし》の二人暮《ふたりぐ》らし」

「え?」

突然《とつぜん》の自己紹介《じこしょうかい》に、登生《とうい》は目《め》を丸《まる》くした。

昨日《きのう》、ちぇるし～といっしょに考《かんが》えたプロフィール。

雪月《ゆきづき》はママの旧姓《きゅうせい》。家族構成《かぞくこうせい》は自分《じぶん》と同《おな》じにして、家《いえ》は遠《とお》いことになってるから、東京《とうきょう》じゃなくて埼玉《さいたま》にした。

「このくらいしか、今《いま》は言《い》えないけど……。あと、これ。ラインは無理《むり》だけど、メールならできるから」

私《わたし》のメールアドレスを書《か》いた紙《かみ》を、登生《とうい》に差《さ》し出《だ》した。

「……ショコラ！」

登生《とうい》は紙《かみ》を受《う》け取《と》ると、いきなり私《わたし》の腕《うで》をぐっと引《ひ》き寄《よ》せて、私《わたし》を抱《だ》きしめた。

「!!」

私《わたし》は、登生《とうい》の大《おお》きな胸《むね》の中《なか》にすっぽりうもれてしまう。

「と、登生《とうい》……？」

「俺《おれ》、今《いま》すっげーうれしいんだけど！　そっか、ショコラ、俺《おれ》と同《おな》い年《どし》だったんだな。埼《さい》玉《たま》に住《す》んでたんだな？」

「う、うん」

いくつにするか迷《まよ》ったけど、けっきょく登生《とうい》と同《おな》い年《どし》にしちゃった。

「ありがとな、ショコラ」

登生《とうい》は、さらに私《わたし》を抱《だ》きしめる腕《うで》に力《ちから》を込《こ》めた。

その腕《うで》から、登生《とうい》の気持《きも》ちが伝《つた》わってきて、私《わたし》はドキドキしながら目《め》を閉《と》じた。

「このチャペル、本当《ほんとう》に神様《かみさま》がいるかもな」

「え？」

「さっき、いつかショコラが自分《じぶん》のことを話《はな》してくれる日《ひ》が来《く》るようにって、お願《ねが》いしてたから」

「！」

……それが登生《とうい》の願《ねが》い事《ごと》だったの？

まだ全部《ぜんぶ》は話《はな》せないけど、少《すこ》しでも叶《かな》えてあげられてよかった！

登生《とうい》の腕《うで》に包《つつ》まれながら、幸《しあわ》せな気持《きも》ちでいっぱいになる。

やがて登生《とうい》は腕《うで》をほどいて、メアドの書《か》かれたメモを手《て》に言《い》った。

「これから、メールしてもいい？」

「もちろん！」

「仕事《しごと》で遅《おそ》くなると、電話《でんわ》ってしにくいし。けど、メールならいつでもショコラとつながれるよな」

「うん」

「けど、なんでメールはよくてラインはダメなんだ？　亜蓮《あれん》はショコラのラインを知《し》ってるんだよな？」

「それはちがうの！　亜蓮《あれん》くんは私《わたし》のラインなんて知《し》らないよ。実《じつ》はね、うちはお母《かあ》さんが厳《きび》しくて、時々《ときどき》ラインをチェックされるんだ。だから、あんまり友達《ともだち》にも教《おし》えてないの」

「ラインをチェックって、厳《きび》しいお母《かあ》さんなんだな……。そっか、ショコラはモデルやってることも家族《かぞく》に秘密《ひみつ》にしてるって言《い》ってたし、バレるとまずいよな」

「そう、そうなの！　だから、もちろん亜蓮《あれん》くんにだって教《おし》えてないよ。けどメールはチェックされないから、大丈夫《だいじょうぶ》かなって」

「そっか……。ショコラも大変《たいへん》だな」

うちのママはラインのチェックなんて絶対《ぜったい》にしないけど、なんとか話《はなし》のつじつまは合《あ》わせられた、かな？

ほっとしたのもつかの間《ま》、登生《とうい》は私《わたし》をじっと見《み》て言《い》った。

「亜蓮《あれん》っていえばさ……、昨日《きのう》つけてたイヤリング、亜蓮《あれん》からもらったんだって？」

「あ……、うん」

後《うし》ろめたい気持《きも》ちになって目《め》をそらすと、登生《とうい》はにっこりと笑《わら》って、

「あれ、かわいかったよな。もう一回《いっかい》、見《み》せて」

「え？　いいよ」

てっきり怒《おこ》ってると思《おも》ってたのに、意外《いがい》な言葉《ことば》が返《かえ》ってきて、私《わたし》はポシェットの中《なか》からイヤリングを出《だ》した。

登生《とうい》は手《て》にとってながめる。

「へぇ、さすが亜蓮《あれん》だな。センスがいい。ターコイズが入《はい》ってて夏《なつ》っぽいし」

けど、次《つぎ》の瞬間《しゅんかん》、登生《とうい》は早足《はやあし》で壁《かべ》ぎわまで行《い》くと、チャペルの献金箱《けんきんばこ》の中《なか》にイヤリングを落《お》とした。

「ええっ⁉」

あわてて献金箱《けんきんばこ》にかけつけたけど、お金《かね》を入《い》れる小《ちい》さな口《くち》からは、イヤリングなんて見《み》えるはずない。

「俺《おれ》の願《ねが》いを叶《かな》えてくれた、お礼《れい》に？」

登生《とうい》は皮肉《ひにく》っぽく言《い》った。

「お礼《れい》って……、どうしよう、亜蓮《あれん》くんからもらったものだったのに」

青《あお》くなっている私《わたし》に、登生《とうい》はムッとした顔《かお》で言《い》った。

「俺以外《おれいがい》の男《おとこ》にもらったイヤリングなんて、つけるなよ」

あ、やっぱり怒《おこ》ってたんだ？

ヤキモチをやいている登生《とうい》を見《み》るのは、ちょっとうれしいけど、プレゼントしてくれた亜蓮《あれん》くんには申《もう》し訳《わけ》ないなって。

「だから、これ」

登生《とうい》はポケットから、小《ちい》さな黒《くろ》いケースを出《だ》して、目《め》の前《まえ》でふたを開《あ》けた。

「え？」

そこには水色《みずいろ》の石《いし》がついた指輪《ゆびわ》があった。

きょとんとしていると、登生《とうい》は私《わたし》の右手《みぎて》をとって、まっすぐに私《わたし》を見《み》て言《い》った。

「……ここで誓《ちか》うよ。ショコラにどんな秘密《ひみつ》があっても、変《か》わらずに好《す》きでいるって」

「！」

登生《とうい》は優《やさ》しく微笑《ほほえ》んで、私《わたし》の薬指《くすりゆび》に、指輪《ゆびわ》をそっとはめてくれた。

結婚指輪《けっこんゆびわ》みたいで、ドキドキしてくる。

「登生《とうい》、ありがとう」

うれしくて、胸《むね》がいっぱいになる。

「やっぱりショコラにはターコイズより、アクアマリンの方《ほう》が合《あ》うよな」

アクアマリンって、指輪《ゆびわ》についているこの石《いし》のことだよね？

透《す》きとおったうすい水色《みずいろ》がすごくキレイ。

「気《き》に入《い》った？」

「もちろん！　こんなにステキな指輪《ゆびわ》、もらっていいの？」

「浜島《はましま》さんが撮影用《さつえいよう》に持《も》ってきてたもの、買《か》い取《と》ったんだ。ショコラに似合《にあ》うと思《おも》って」

「……すごくうれしい！　大切《たいせつ》にするね」

「よかった。……次《つぎ》はいつ会《あ》えるかわかんねーけど、これからはメールもできるしな」

そう言《い》って、登生《とうい》は私《わたし》の肩《かた》を抱《だ》き寄《よ》せて、微笑《ほほえ》んだから、私《わたし》も最高《さいこう》の笑顔《えがお》を返《かえ》した。

ここで登生《とうい》が誓《ちか》ってくれたことを思《おも》い出《だ》せば、何《なに》があっても、きっとがんばれるよ。

見上《みあ》げると、ステンドグラスの十字架《じゅうじか》が太陽《たいよう》の光《ひかり》を受《う》けて、きらきらと輝《かがや》いていた。

登生《とうい》に別《わか》れを告《つ》げて、そろそろ帰《かえ》ろうとした時《とき》だった。

「あら？　なんでここあのリュックがあるのかしら。帰《かえ》ったはずなのに、変《へん》ね」

後《うし》ろから聞《き》こえてきたママの声《こえ》に、はっとなった。

しまった！

荷物置《にもつお》き場《ば》にここあのリュックが置《お》きっぱなしだったよ！

「ねえ、ここあって、もう帰《かえ》ったわよね？」

ママが隣《となり》にいたアシスタントさんに声《こえ》をかける。

「午前中《ごぜんちゅう》に帰《かえ》りましたよね。バーベキューもいなかったし」

「でもここにお財布《さいふ》もあるし……。お財布《さいふ》がなくちゃ帰《かえ》れないわよね」

はい、そのとおりです！　今《いま》すぐここあに戻《もど》るから！

私《わたし》はため息《いき》をついてから、コスメボックスを手《て》にとると、何度《なんど》も通《かよ》ったホテルのトイレへと走《はし》った。

ちぇるし～にここあの姿《すがた》に戻《もど》してもらうと、何事《なにごと》もなかったように、ママのところに行《い》った。

「ママ、撮影終《さつえいお》わった？」

「ここあ！　帰《かえ》ったんじゃなかったの？　今《いま》までどこに行《い》ってたのよ」

「えっと、それはね……」

私《わたし》はホテルのロビーに置《お》かれていた、一枚《いちまい》のチラシをママに見《み》せた。

「これ。学生空手大会《がくせいからてたいかい》が近《ちか》くの体育館《たいいくかん》でやってたんだ。夢中《むちゅう》になって見《み》てたらこんな時間《じかん》になっちゃって」

「空手大会《からてたいかい》？　どうりでね……。それなら、ひとこと言《い》っておいてちょうだい。心配《しんぱい》したわよ」

「ごめんなさーい」

「まぁいいわ。もうすぐ帰《かえ》れるから、座《すわ》って待《ま》ってて」

「はーい」

私《わたし》はイスに座《すわ》ると、コスメボックスを開《あ》けた。

鏡《かがみ》には、いつもの私《わたし》が映《うつ》っている。

ショコラと比《くら》べると、幼《おさな》くて、オシャレ感《かん》も足《た》りない。

少《すこ》しでもショコラみたいに大人《おとな》っぽくなって、登生《とうい》に追《お》いつきたいよ。

『ちょっとヘアアレンジするだけで、けっこうイメージ変《か》わるんだから』

春香《はるか》は、そう言《い》ってたっけ。

私《わたし》はポニーテールをほどいて髪《かみ》の毛《け》を下《お》ろすと、テーブルに置《お》いてあったクシで、ていねいに髪《かみ》の毛《け》をとかした。

春香《はるか》が言《い》ってた『くるりんぱ』……、どうやるんだっけ？

髪《かみ》の毛《け》を横《よこ》でしばったけど、そこから、もうわかんないよ！

「うーん、ヘアアレンジって難《むずか》しいよ～」

コスメボックスの鏡《かがみ》に向《む》かってぼやくと、鏡《かがみ》が七色《なないろ》に光《ひか》ってちぇるし～が出《で》てきた。

「驚《おどろ》いた……！　ヘアアレンジに困《こま》ってる声《こえ》が聞《き》こえると思《おも》ったら、ここあだったの⁉」

「ちぇるし～！　ちょうどよかった。前《まえ》に春香《はるか》が教《おし》えてくれた、くるりんぱっていう髪型《かみがた》ができないの。ちぇるし～なら知《し》ってるよね？」

「もちろん知《し》ってるよ！　じゃ、ちぇるし～にまかせて！」

そう言《い》って、うずまきキャンディをかざしたから、私《わたし》はストップをかけた。

「ちぇるし～、待《ま》って。魔法《まほう》は使《つか》わないで」

「！」

「下手《へた》でもいいから自分《じぶん》でやってみようと思《おも》うんだ。やり方《かた》、教《おし》えてくれるかな」

ちぇるし～は、目《め》をパチパチさせてたけど、やがて笑顔《えがお》になって言《い》った。

「そうだね。ここあの言《い》うとおりだよ。じゃ、ちぇるし～が言《い》うとおりにやってみて！」

「ありがとう！」

そして私《わたし》はちぇるし～に教《おし》えてもらいながら、くるりんぱにチャレンジしてみた。

結《むす》んだ髪《かみ》の根元《ねもと》を二《ふた》つに割《わ》って、そこに毛束《けたば》を通《とお》して引《ひ》っぱって……。

「あ、できた⁉」

「うん、バッチリできてるよ！」

「やったぁ！　ちぇるし～、ありがとう！　くるりんぱって、簡単《かんたん》なのにオシャレだね！」

ちょっと髪型《かみがた》を変《か》えただけなのに、鏡《かがみ》に映《うつ》る自分《じぶん》がいつもよりかわいくなってて、うれしくなる。

その時《とき》だった。

「あれ……、ここあか？」

後《うし》ろから声《こえ》がして、振《ふ》り返《かえ》ると、

「登生《とうい》……くん？」

「いつもと髪型《かみがた》がちがうから、誰《だれ》かと思《おも》った。かわいいな」

「えっ！」

かわいいって、ホントに⁉

登生《とうい》にほめられちゃったよ！

がんばってやってみてよかった。

登生《とうい》にとっては、あいさつみたいな一言《ひとこと》かもしれないけど、私《わたし》にとっては、なによりうれしい言葉《ことば》だよ。

「私《わたし》、ショコラちゃんみたいに、かわいくなりたいから、がんばろうと思《おも》って」

すると、登生《とうい》がぽつっと言《い》った。

「ショコラみたいにならなくても、いいんじゃねーの？」

「え？」

「誰《だれ》かに憧《あこが》れるのも悪《わる》くないけどさ。俺《おれ》は、誰《だれ》かのマネするより、自分《じぶん》のいいところを伸《の》ばしたほうがいいと思《おも》うけどな。俺《おれ》、ここあは、いいもの持《も》ってると思《おも》うぜ」

「ホントに？」

登生《とうい》は、ここあの私《わたし》のことも、ちゃんと見《み》てくれてたの？

それが、すごくうれしくて。

私《わたし》は、私《わたし》でいいのかな。

登生《とうい》の言葉《ことば》が、私《わたし》に小《ちい》さな自信《じしん》をくれる。

すると、向《む》こうから一星《いっせい》さんが登生《とうい》を呼《よ》ぶ声《こえ》がした。

「じゃ、もう行《い》くよ。ここあ、またな！」

「うん！」

明《あか》るく手《て》をあげて、登生《とうい》は走《はし》っていってしまった。

「ここあ、よかったね！」

「ちぇるし～、私《わたし》ね、できることからちょっとずつ、やってみようと思《おも》うんだ。まずは春香《はるか》に、ちがうヘアアレンジを教《おし》えてもらおうかな」

「うん、すごくいいと思《おも》うよ！」

「……いつか、ここあの私《わたし》も、輝《かがや》ける日《ひ》が来《く》るといいな」

「気《き》づいてないかもしれないけど、ここあはどんどん変《か》わってきてる。さっき、自分《じぶん》の力《ちから》でかわいくなりたいって言《い》ったここあは、本当《ほんとう》にステキだったんだから！」

「ちぇるし～……、ありがとう！　よーし、がんばるぞー！」

「ちぇるし～も応援《おうえん》してるよ！　ここあ、がんばれー！」

私《わたし》とちぇるし〜は、笑《わら》いながら、広《ひろ》い空《そら》に向《む》かってこぶしを突《つ》き上《あ》げた。

《おわり☆》

Shogakukan Junior Bunko

★小学館ジュニア文庫★
ゆめ☆かわ ここあのコスメボックス
ヒミツの恋とナイショのモデル

2018年 2 月26日　初版第 1 刷発行

著者／伊集院くれあ
イラスト／池田春香

発行人／立川義剛
編集人／吉田憲生
編集／山口久美子

発行所／株式会社　小学館
〒101-8001　東京都千代田区一ツ橋 2－3－1
電話　編集　03-3230-5105
販売　03-5281-3555

印刷・製本／加藤製版印刷株式会社

デザイン／積山友美子+ベイブリッジ・スタジオ

Printed in Japan　ISBN 978-4-09-231219-7

★「小学館ジュニア文庫」を読んでいるみなさんへ★

この本《ほん》の背《せ》にあるクローバーのマークに気《き》がつきましたか?

オレンジ、緑《みどり》、青《あお》、赤《あか》に彩《いろど》られた四《よ》つ葉《ば》のクローバー。これは、小学館《しょうがくかん》ジュニア文庫《ぶんこ》のマークです。そして、それぞれの葉《は》の色《いろ》には、私《わたし》たちがジュニア文庫《ぶんこ》を刊行《かんこう》していく上《うえ》で、みなさんに伝《つた》えていきたいこと、私《わたし》たちの大切《たいせつ》な思《おも》いがこめられています。

オレンジは愛《あい》。家族《かぞく》、友達《ともだち》、恋人《こいびと》。みなさんの大切《たいせつ》な人《ひと》たちを思《おも》う気持《きも》ち。まるでオレンジ色《いろ》の太陽《たいよう》の日差《ひざ》しのように心《こころ》を暖《あたた》かにする、人《ひと》を愛《あい》する気持《きも》ち。

緑《みどり》はやさしさ。困《こま》っている人《ひと》や立場《たちば》の弱《よわ》い人《ひと》、小《ちい》さな動物《どうぶつ》の命《いのち》に手《て》をさしのべるやさしさ。緑《みどり》の森《もり》は、多《おお》くの木々《きぎ》や花々《はなばな》、そこに生《い》きる動物《どうぶつ》をやさしく包《つつ》み込《こ》みます。

青《あお》は想像力《そうぞうりょく》。芸術《げいじゅつ》や新《あたら》しいものを生《う》み出《だ》していく力《ちから》。立場《たちば》や考《かんが》え方《かた》、国籍《こくせき》、自分《じぶん》とは違《ちが》う人《ひと》たちの気持《きも》ちを思《おも》い、協力《きょうりょく》しあうことも想像《そうぞう》の力《ちから》です。人間《にんげん》の想像力《そうぞうりょく》は無限《むげん》の広《ひろ》がりを持《も》っています。まるで、どこまでも続《つづ》く、澄《す》みきった青《あお》い空《そら》のようです。

赤《あか》は勇気《ゆうき》。強《つよ》いものに立《た》ち向《む》かい、間違《まちが》ったことをただす気持《きも》ち。くじけそうな自分《じぶん》の弱《よわ》い気持《きも》ちに立《た》ち向《む》かうことも大《おお》きな勇気《ゆうき》です。まさにそれは、赤《あか》い炎《ほのお》のように熱《あつ》く燃《も》え上《あ》がる心《こころ》。

四《よ》つ葉《ば》のクローバーは幸《しあわ》せの象徴《しょうちょう》です。愛《あい》、やさしさ、想像力《そうぞうりょく》、勇気《ゆうき》は、みなさんが未来《みらい》を切《き》りひらき、幸《しあわ》せで豊《ゆた》かな人《じん》生《せい》を送《おく》るためにすべて必要《ひつよう》なものです。

体《からだ》を成長《せいちょう》させていくために、栄養《えいよう》のある食《た》べ物《もの》が必要《ひつよう》なように、心《こころ》を育《そだ》てていくためには読書《どくしょ》がかかせません。みなさんの心《こころ》を豊《ゆた》かにしていく本《ほん》を一冊《さつ》でも多《おお》く出《だ》したい。それが私《わたし》たちジュニア文庫編集部《ぶんこへんしゅうぶ》の願《ねが》いです。

みなさんのこれからの人生《じんせい》には、困《こま》ったこと、悲《かな》しいこと、自分《じぶん》の思《おも》うようにいかないことも待《ま》ち受《う》けているかもしれません。

どうか「本《ほん》」を大切《たいせつ》な友達《ともだち》にしてください。どんな時《とき》でも「本《ほん》」はあなたの味方《みかた》です。そして困難《こんなん》に打《う》ち勝《か》つヒントをたくさん与《あた》えてくれるでしょう。みなさんが「本《ほん》」を通《つう》じ素敵《すてき》な大人《おとな》になり、幸《しあわ》せで実《みの》り多《おお》い人生《じんせい》を歩《あゆ》むことを心《こころ》より願《ねが》っています。

小学館ジュニア文庫編集部

〈ジュニア文庫でしか読めないオリジナル〉

さくら×ドロップ　レシピ1：チーズハンバーグ
ちえり×ドロップ　レシピ1：マカロニグラタン
みさと×ドロップ　レシピ1：チェリーパイ
ミラチェンタイム☆ミラクルらみぃ
メデタシエンド。～ミッションはおとぎ話のお姫さま……のメイド役!?～
メデタシエンド。～ミッションはおとぎ話の赤ずきん……の猟師役!?～
もしも私が【星月ヒカリ】だったら。
ゆめ☆かわ　ここあのコスメボックス
ゆめ☆かわ　ここあのコスメボックス　ヒミツの恋とナイショのモデル

夢は牛のお医者さん
螺旋のプリンセス

〈思わずうるうる…感動ストーリー〉

きみの声を聞かせて　猫たちのものがたり―まぐ・ミクロ・まる―
こむぎといつまでも―余命宣告を乗り越えた奇跡の猫ものがたり―
世界からボクが消えたなら　映画「世界から猫が消えたなら」キャベツの物語
世界から猫が消えたなら
世界の中心で、愛をさけぶ
天国の犬ものがたり～ずっと一緒～
天国の犬ものがたり～わすれないで～
天国の犬ものがたり～未来～
天国の犬ものがたり～夢のバトン～
天国の犬ものがたり～ありがとう～
天国の犬ものがたり～天使の名前～
天国の犬ものがたり～僕の魔法～

動物たちのお医者さん
わさびちゃんとひまわりの季節

〈発見いっぱい！　海外のジュニア小説〉

シャドウ・チルドレン1　絶対に見つかってはいけない
シャドウ・チルドレン2　絶対にだまされてはいけない

次はどれにする？　おもしろくて楽しい新刊が、続々登場!!

★小学館ジュニア文庫★ ワクワク、ドキドキがいっぱいのラインナップ

〈ジュニア文庫でしか読めないオリジナル〉

いじめ 14歳のMessage
お悩み解決！ ズバッと同盟 長女VS妹、仁義なき戦い!?
お悩み解決！ ズバッと同盟 おしゃれコーデ、対決!?
緒崎さん家の妖怪事件簿
緒崎さん家の妖怪事件簿 桃×団子パニック！
緒崎さん家の妖怪事件簿 狐×迷子パレード！
華麗なる探偵アリス＆ペンギン
華麗なる探偵アリス＆ペンギン ワンダー・チェンジ！
華麗なる探偵アリス＆ペンギン ミラー・ラビリンス
華麗なる探偵アリス＆ペンギン サマー・トレジャー
華麗なる探偵アリス＆ペンギン トラブル・ハロウィン
華麗なる探偵アリス＆ペンギン ペンギン・パニック！
華麗なる探偵アリス＆ペンギン ミステリアス・ナイト
華麗なる探偵アリス＆ペンギン アリスVS.ホームズ
華麗なる探偵アリス＆ペンギン アラビアン・デート
華麗なる探偵アリス＆ペンギン パーティ・パーティ

きんかつ！
きんかつ！ 恋する妖怪と舞姫の秘密
ギルティゲーム
ギルティゲーム stage2 無限駅からの脱出
ギルティゲーム stage3 ベルセポネー号の悲劇
ギルティゲーム stage4 ギロンバ帝国へようこそ！

銀色☆フェアリーテイル ①あたしだけが知らない街
銀色☆フェアリーテイル ②きみだけに贈る歌
銀色☆フェアリーテイル ③夢、それぞれの未来
ぐらん×ぐらんぱ！ スマホジャック
ぐらん×ぐらんぱ！ スマホジャック ～恋の一騎打ち～
12歳の約束

女優猫あなご

白魔女リンと3悪魔
白魔女リンと3悪魔 フリージング・タイム
白魔女リンと3悪魔 レイニー・シネマ
白魔女リンと3悪魔 スター・フェスティバル
白魔女リンと3悪魔 ダークサイド・マジック
白魔女リンと3悪魔 フルムーン・パニック
白魔女リンと3悪魔 エターナル・ローズ
天才発明家ニコ＆キャット
天才発明家ニコ＆キャット キャット、月に立つ！
謎解きはディナーのあとで
のぞみ、出発進行!!
バリキュン!!
ホルンペッター
ぼくたちと駐在さんの700日戦争 ベスト版 闘争の巻